썩은 잎

La Hojarasca

LA HOJARASCA
by Gabriel García Márquez

세계문학전집 170

썩은 잎

La Hojarasca

가브리엘 가르시아 마르케스
송병선 옮김

민음사

차례

썩은 잎 7

작품 해설 157

작가 연보 184

비참하게 죽은 폴리네이케스의 시체에 대해, 어떤 시민도 매장하거나 울어서는 안 되며, 새들의 맛있는 먹잇감으로 주어 먹어 치우게 하라는 포고문이 공포되었다는 말이 있어. 착하디착한 크레온께서 너와 나를 위해, 그러니까 나를 위해 포고문을 발표했고, 아직도 그 명령을 알지 못하는 사람들에게 알리기 위해 내가 있는 이곳으로 온다는 거야. 이 포고문을 아무렇게나 생각하면 안 돼. 감히 금지한 것을 행하는 사람은 백성들에게 돌에 맞아 죽을 테니 말이야.

—『안티고네』

회오리바람이 마을 한가운데에 뿌리를 박은 듯 갑자기 바나나 회사가 도착했고, 썩은 잎들이 그 뒤를 따라왔다. 다른 마을의 쓰레기 인간들과 쓰레기 물건들로 이루어졌고, 모든 게 뒤섞여 소용돌이치는 썩은 잎이었다. 그건 갈수록 아득한 옛날 같아 믿기 어려워 보이던 내전의 찌꺼기였다. 썩은 잎은 인정사정없었다. 휘몰아치는 수많은 냄새, 그러니까 지독한 분비물 냄새와 숨겨진 죽음의 냄새가 모든 것을 오염시켰다. 일 년도 채 되지 않아 자기보다 앞서 닥친 수많은 재앙의 쓰레기를 마을에 뿌렸고, 알 수 없는 잡다한 쓰레기 더미를 거리에 흩뿌렸다. 쓰레기들은 예기치 못한 아찔한 폭풍처럼 갑작스럽게 마을 사람들과 구별되면서 개인화되었으며, 마침내 한쪽에 강이 있고 다른 한쪽에 죽은 사람들을 묻는 울타리가 있던 좁은 길을 다른 마을의 쓰레기로 이루어진 완전히 다르고 복잡한 마을로 만들었다.

거기에는 인간 썩은 잎들과 뒤섞여 그들의 충동력에 끌려온 것들도 있었다. 가게와 병원, 유흥업소, 발전소의 찌꺼기들이었다. 혼자 사는 여자들의 찌꺼기도 있었고, 호텔 말뚝에 노새를 매고 유일한 짐이라고는 나무로 만든 여행 가방이나 옷보따리 하나가 전부인, 몇 달 후면 자기 집도 생기고 첩을 둘씩이나 두고 살면서 전쟁에 늦게 왔다는 이유로 군인 직함은 얻지 못한 남자들의 찌꺼기도 있었다.

심지어 도시에서 볼 수 있었던 구슬픈 사랑의 찌꺼기도 썩은 잎들과 함께 도착해서 조그만 목조 가옥을 지었다. 우선 그들은 거리 한쪽에 그런 집들을 지었는데, 그곳은 허름한 침대에서 하룻밤을 보낼 수 있는 어둠 속의 가정이었다. 그러고는 떠들썩하고 은밀한 거리를 만들었으며, 그런 다음에는 모든 것이 허용되는 마을 안의 마을을 만들었다.

광풍, 즉 폭풍처럼 밀려든 모르는 얼굴들, 공공 도로를 따라 늘어선 차양들, 거리에서 옷을 갈아입는 남자들, 양산을 펼치고서 여행 가방에 걸터앉은 여자들, 호텔 구역에서 굶주려 죽어 가는 노새들과 버려진 숱한 노새들 가운데서 그곳에 처음으로 도착했던 우리는 마지막 사람들이 되었다. 우리는 이방인이었고 외부인이었던 것이다.

내전이 끝난 후 마콘도로 온 우리는 양질의 비옥한 토양임을 알았다. 그때 우리는 썩은 잎이 언젠가 그곳에 오리라는 것을 알았지만 그 충격이 어느 정도일지는 헤아리지 못했다. 그래서 썩은 잎이 쇄도하는 것을 느꼈을 때 우리가 할 수 있었던 유일한 일은 문 뒤로 나이프와 포크를 갖추어 식탁을 차리고 차분하게 앉아서 갓 도착한 사람들과 만나게 되기를 기다리는 것뿐이었다. 그때 처음으로 기차가 기적을 울렸다. 그러자 썩은 잎은 방향을 바꿔서 기차를 맞이하러 나갔고, 맹렬한 기세를 잃고 돌아왔지만, 단결하고 강해졌다. 그리고는 발효라는 자연적인 과정을 겪으면서 땅의 미생물과 하나가 되었다.

(마콘도, 1909년)

1

나는 처음으로 시체를 보았다. 수요일이지만 일요일처럼 느껴진다. 학교에 가지 않았고, 어딘지 모르게 꽉 죄는 초록색 모직 옷을 입었기 때문이다. 엄마 손을 잡고, 한 걸음 한 걸음 옮길 때마다 물건들과 부딪치지 않으려고 지팡이로 확인해 보는 할아버지를 따라(할아버지는 밤눈이 어둡고 절룩거린다.) 나는 거실의 거울 앞을 지나며 내 몸을 보았다. 초록색 옷을 입고 목 한쪽이 죄여 오는 풀 먹인 하얀 나비넥타이를 매고 있었다. 얼룩진 둥근 거울 속에서 나를 보고 생각했다. '이게 바로 나야. 오늘이 일요일인 것처럼.'

우리는 죽은 사람이 있는 집으로 갔다.

굳게 닫힌 방은 더위로 숨이 막힐 지경이다. 거리에서 태양이 이글거리는 소리가 들린다. 공기는 콘크리트처럼 꼼짝하지 않는다. 강철판을 비롯해 모든 것을 뒤틀어 버릴 수도 있다는 인상을 준다. 시체가 놓인 방은 여행 가방 냄새가 나지만, 나는 어느 곳에서도 그런 가방을 볼 수 없다. 구석에 그물 침대 하나가 있다. 그 한쪽 끝이 고리에 매달려 있다. 쓰레기 냄새가 풍긴다. 우리는 망가지고 거의 깨져 버린 것들로 둘러싸여 있다. 나는 그런 것들에서 실제로는 다른 냄새가 난다 하더라도, 쓰레기 냄새를 풍겨야만 하는 것들과 같은 꼴이라고 생각한다.

나는 죽은 사람들은 모자를 쓰고 있어야만 한다고 항상 생각했다. 그런데 이제는 반드시 그래야만 하는 게 아니라는 것을 보고 있다. 나는 그들의 머리가 단단하고 뾰족하며 턱에는 손수건이 매여 있는 것을 본다. 입은 약간 벌어졌는데, 검붉은 입술 뒤로는 얼룩지고 삐뚤삐뚤한 치아가 보인다. 두툼하고 설태로 뒤덮인 혀가 한쪽으로 물려 있는 것도 본다. 혀는 얼굴색보다 조금 더 어둡다. 끈으로 단단히 매 놓은 손가락 색깔과 비슷하다. 나는 그들이 눈을 뜨고 있으며, 눈이 보통 사람의 것, 그러니까 불안해하며 휘둥그레진 눈보다 훨씬 더 크게 열린 것을 보고, 또한 피부는 축축하고 단단한 땅으로 만들어진 것 같은 느낌을 받는다. 나는 죽은 사람이란 꼼짝 않고 잠자는 사람일 것이라고 생각했지만 이제는 전혀 반대라는 것을 보고 있다. 깨어 있으며 싸우고 난 후에 화가 난 사람 같다는 것을 보고 있다.

엄마 역시 마치 오늘이 일요일인 것처럼 옷을 입었다. 귀밑까지 내려오는 오래된 밀짚모자를 썼고, 소매가 손목까지 닿는, 목 부분을 단추로 채운 검은 옷을 입었다. 오늘은 수요일이기 때문에 나는 엄마의 그런 모습이 먼 곳에 있는 사람처럼 낯설고, 내게 무언가를 말하려는 것 같다는 인상을 받는다. 그동안 할아버지는 일어나서 관을 가져온 사람들을 맞이한다. 엄마는 닫힌 문에 등을 돌리고서 내 옆에 앉아 있다. 힘겹게 숨을 몰아쉬면서 급하게 쓰고 온 모자 아래로 삐져나온 머리카락을 밀어 넣는다. 할아버지는 관을 가져온 사람들에게 침대 옆에 내려놓으라고 지시했다. 그때야 비로소 나는 죽은 사람이 정말로 관 속에 들어갈 수 있다는 것을 깨달았다. 그들이 상자를 가져왔을 때, 나는 침대의 전체 길이만 한 몸이 들어가기에는 너무 작다는 인상을 받았다.

나는 왜 엄마와 할아버지가 나를 데려왔는지 모른다. 이 집에 한 번도 들어와 본 적이 없었고, 심지어 아무도 이 집에 살지 않는다고 생각하기도 했다. 길모퉁이에 있는 커다란 집이고, 내가 보기에 이 집의 문은 한 번도 열린 적이 없는 것 같다. 항상 나는 이 집은 비어 있다고 믿었다. 이제야 그렇지 않다는 것을 안다. 그전에 엄마는 내게 "오늘은 학교에 가지 않아도 돼." 하고 말했지만, 나는 전혀 기쁘지 않았다. 엄마가 심각하면서도 떨떠름한 목소리로 말했기 때문이다. 나는 엄마가 내 모직 옷을 들고 돌아오는 걸 보았다. 엄마는 내게 아무 말 없이 옷을 입혔고, 우리는 현관으로 가서 할아버지와 만났다. 그러고는 우리 집과 세 집 떨어져 있던 이 집으로 왔다. 이제 나는 누군가가 이 길모퉁이에 살고 있었다는 것을 알고 있다. 그 누군가는 죽은 사람이고, 분명히 엄마가 말하던 사람일 것이다. 엄마는 이렇게 말했다. "의사 선생님 장례식에서 가만히 있어야 해."

이 집에 들어오면서 나는 죽은 사람을 보지 못했다. 문 앞에서 할아버지를 보았고, 할아버지는 사람들과 이야기하고 있었다. 나중에 할아버지를 보았을 때 할아버지는 우리에게 안으로 들어가라고 지시했다. 그래서 나는 누군가가 방에 있다고 생각했지만, 막상 방으로 들어서자 어둡고 텅 빈 느낌이었다. 들어선 첫 순간부터 후끈후끈한 더운 기운이 얼굴을 때렸고, 나는 이 쓰레기 냄새를 느꼈다. 처음에는 단단하고 흔들리지 않을 것 같았는데 이제는 더위처럼 띄엄띄엄 물결치며 다가오다가 사라진다. 엄마는 내 손을 잡고 나를 어두운 방으로 이끌고는 옆에 앉혔다. 방 한쪽 구석이었다. 잠시 후에야 나는 사물을 구별하기 시작했다. 할아버지가 창문을 열려고 애쓰는 것이 보였다. 창문은 네 귀퉁이가 모두 달라붙어서 나무 창틀에 용접되어 있는 것 같았다. 할아버지가 지팡이로 창틀 손잡이를 때렸다. 할아버지가 움직일 때마다 먼지로 가득한 윗도리에서 먼지가 떨어졌다. 나는 다시 할아버지가 움직이는 곳으로 얼굴을 돌렸다. 그때 할아버지는 도저히 자기 힘으로 창문을 열 수 없다고 말했다. 그제야 나는 누군가가 침대에 있다는 것을 알았다. 까무잡잡한 남자가 꼼짝하지 않고 큰대자로 누워 있었다. 나는 엄마 쪽으로 고개를 돌렸다. 엄마는 심각하고 멍한 표정으로 방의 다른 곳을 바라보고 있었다. 내 발이 바닥에 닿지 않고 다리의 4분의 1 정도 높이로 공중에 떠 있었기 때문에 손바닥을 허벅지 아래 의자에 대고 아무 생각 없이 다리를 흔들었다. 그러다가 엄마가 "의사 선생님 장례식에서 가만히 있어야 해."라고 말한 것을 떠올렸다. 나는 등에서 오싹한 한기를 느꼈다. 다시 쳐다보았지만 단지 메마르고 금이 간 나무 벽밖에는 보이지 않았다. 하지만 누군가가 벽에서 내게 이렇게 말한 것 같았다. "다리 흔들지 마. 침대에 있는 사람은 의사 선생님이고 죽었어." 나는 침대를 쳐다보았고, 더 이상 그가 방금 전처럼 보이지 않았다. 이제 나는 누워 있는 모습이 아니라 죽은 모습을 보았다.

그때부터 그를 쳐다보지 않으려고 아무리 애를 써도 누군가가 그쪽으로 내 얼굴을 잡아서 돌리려는 것 같다고 느낀다. 방 안의 다른 곳을 쳐다보려고 해도 나는 튀어나온 눈과 어둠 속에서 죽은 초록색 얼굴을 한 그를 사방에서 본다.

왜 아무도 장례식에 오지 않았는지 나는 그 이유를 모른다. 우리는 왔다. 할아버지와 엄마, 그리고 할아버지를 위해 일하는 네 명의 과히라[1] 사람들이었다. 그 사람들은 석회 한 봉지를 가져와 관 속에 뿌렸다. 엄마가 이상하고 멍한 상태가 아니었다면 나는 왜 그렇게 하느냐고 물었을 것이다. 나는 왜 상자 안에 석회를 뿌려야만 하는지 그 이유를 모른다. 봉지가 비자, 그들 중 한 사람이 관 위에 봉지를 털었고, 마지막 부스러기가 떨어졌다. 그것은 석회라기보다는 톱밥과 더 비슷했다. 그들은 어깨와 다리를 잡고 죽은 사람을 들었다. 그는 조악한 바지를 입고 있다. 넓고 검은 가죽 끈으로 허리를 매고, 회색 셔츠

---

1) 콜롬비아의 북동쪽에 위치한 주(州). 북쪽과 서쪽은 카리브 해와 맞닿고, 동쪽은 베네수엘라와 국경을 이루는 곳으로 원주민이 많이 거주한다. 주도는 리오아차이다.

를 입었다. 신발은 왼쪽만 신었다. 아다가 말하는 것처럼, 한쪽은 왕의 발이고 다른 한쪽은 노예의 발이다. 오른쪽 신발은 침대 끝에 내팽개쳐져 있다. 침대에 있을 때 죽은 사람이 힘들어하는 것 같았다. 관 속에서는 오히려 더 편안하고 더 평화로워 보인다. 싸움이 끝난 후 잠에서 깨어나 살아 있는 사람처럼 보이던 얼굴은 평온하고 편안한 모습이었다. 옆모습이 부드러워진다. 마치 그곳 상자 안에 있으니 이제는 죽은 사람이 있어야 할 장소에 있다고 느끼는 것 같다.

할아버지는 방 안에서 계속 움직이고 있었다. 몇 가지 물건을 집어 상자 안에 놓았다. 나는 왜 할아버지가 관 속에 물건들을 넣는지 말해 줄 거라는 희망을 가지고 엄마를 다시 바라보았다. 하지만 엄마는 검은 옷을 입은 채 꼼짝하지 않는다. 죽은 사람이 있는 곳을 쳐다보지 않으려고 무진 애를 쓰는 것 같다. 나도 그러고 싶지만 그럴 수가 없다. 나는 죽은 사람을 뚫어지게 바라보면서 꼼꼼히 살펴본다. 할아버지는 관 안에 책 한 권을 던지고 일꾼들에게 손짓한다. 그러자 그들 중 세 사람이 시체 위로 뚜껑을 덮는다. 그때야 나는 내 머리를 그쪽을 향해 잡고 있던 손에서 해방되었다고 느끼며 방 안을 다시 살펴보기 시작한다.

나는 다시 엄마를 쳐다본다. 이 집에 온 이후 처음으로 엄마는 나를 쳐다보고 억지로 미소를 짓는다. 아무 의미도 없는 미소다. 나는 마지막 굽은 철길 구간으로 사라지는 기차의 기적 소리를 멀리서 듣는다. 그리고 시체가 있는 구석에서 소리를 느낀다. 일꾼들 중 하나가 관 뚜껑의 한쪽 끝을 들어 올리고,

할아버지가 관 속에 죽은 사람의 신발 한 짝을 넣는 것을 본다. 침대 끝에 있던 것인데 일꾼들이 잊은 것이다. 다시 기적 소리가 울리지만 그 소리는 갈수록 희미해진다. 나는 갑자기 생각한다. '두 시 반이야.' 그리고 이 시간에(기차가 마을의 마지막 굽은 철길에서 기적을 울리는 동안) 아이들은 오후 첫 수업을 듣기 위해 학교에서 줄을 서고 있다는 것을 떠올린다.

'아브라암.' 나는 생각한다.

아이를 데려오지 말았어야 했다. 이런 광경을 보여 주는 건 아이에게 바람직하지 않다. 곧 서른 살이 되는 나 자신에게도 시체가 있는 긴장된 분위기는 해롭다. 지금이라도 나가는 게 좋을 것 같다. 우리는 이 방에, 그러니까 애정 혹은 감사의 마음이라고 여겨질 수 있는 모든 것과 단절된 남자의 유품들이 십칠 년 동안 쌓인 방에 있는 게 썩 내키지 않는다고 아버지에게 말할 수 있다면 얼마나 좋을까. 아마도 아버지는 그에게 동정이라는 것을 느꼈을 유일한 사람일 것이다. 도저히 납득이 되지 않는 동정심 때문에 이제 그는 이 네 개의 벽 속에서 이 남자가 썩어 문드러지지 않게 해 주고 있다.

이런 모든 것이 꼴불견이라는 게 걱정이다. 우리가 잠시 후에 관을 따라 거리로 나갈 거라고 생각하니 불안하기 짝이 없다. 관을 보면 모두가 기뻐 즐거워할 것이기 때문이다. 나는 여자들이 창밖을 내다보면서 우리 아버지가 지나가는 것을 보고, 관 뒤로 내가 아이와 함께 따라가는 것을 보고 어떤 표정을 지을지 상상한다. 그 관에는 마을 사람들이 그런 모습,

그러니까 단호하게 버려진 채 묘지로 향하는 모습을 보고자 했던 유일한 사람이 썩어 가고 있기 때문이다. 자비를 베풀기로 결심한 세 사람이 그 뒤를 따를 것이고, 그런 행동은 바로 우리가 겪을 치욕의 시작이 될 것이다. 아버지의 이런 결정은, 내일 우리의 장례를 치르게 되면 아무도 우리의 관을 뒤따를 사람이 없게 만드는 원인이 될 수도 있을 것이다.

아마도 그래서 나는 아이를 데려온 것 같다. 아버지가 조금 전에 내게 "나와 함께 가 줘야겠다."라고 말했을 때, 내가 가장 먼저 떠올린 생각은 나도 보호받고 있다는 느낌을 받기 위해 아이 역시 데려가겠다는 것이었다. 이제 9월의 이 숨 막히는 오후에 여기에 있으면서 우리는 적들이 보낸 무자비한 감시자에게 둘러싸여 있다고 느낀다. 아버지는 걱정할 이유가 없다. 사실 그는 평생을 이런 일들을 하면서 보냈다. 그것은 마을 사람들로 하여금 이를 부득부득 갈게 만들고 그들이 정한 모든 규칙에 등을 돌리면서 가장 하찮은 약속을 지키는 일이다. 이십오 년 전 이 사람이 우리 집에 도착한 이후 아버지는 방문객의 행동거지가 터무니없다는 것을 눈치채면서, 오늘 이 마을에 그의 시체를 독수리에게 던져 줄 사람조차 없을 것이라는 사실을 예상했어야 했다. 아마도 아버지는 모든 문제들을 예측했고, 일어날 수 있는 사고들을 판단하고 계산했을지도 모른다. 이십오 년이 지난 지금 아버지는 이것이 오랫동안 생각했던 숙제를 끝마치는 것에 불과하다고 느끼는 게 분명하다. 그래서 시체를 직접 마콘도의 거리로 끌고 가야만 하는 상황에 처하게 될지라도, 어쨌든 아버지는 이 숙제를 하고 말았을 것이다.

그러나 막상 시간이 되자 혼자서 할 엄두를 내지 못했고, 틀림없이 내가 철들기 훨씬 이전에 그와 맺었음에 분명한 이런 참을 수 없는 약속에 참여할 것을 강요했다. 아버지는 내게 "나와 함께 가 줘야겠다."라고 말하면서, 그 말이 어떤 의미를 담고 있는지 내게 생각할 시간조차 주지 않았다. 나는 이 사람을 매장하는 이 같은 행동이 얼마나 수치스럽고 얼마나 비웃음의 대상이 될지 계산할 수 없었다. 모든 마을 사람들이 그가 자신의 소굴에서 가루가 된 모습을 보고자 갈망했다. 사람들은 그걸 바랐을 뿐만 아니라 그런 식이 되도록 이미 준비하고 있었다. 아무런 양심의 가책 없이 진심으로 원했고, 심지어 언젠가는 그의 썩은 몸에서 내뿜는 기분 좋은 냄새가 마을을 떠다닐 것이라고 느끼며, 누구도 눈물을 흘리거나 놀라거나 괘씸해하지 않고, 그토록 고대했던 시간이 왔다는 사실에 기뻐하고, 이런 상황이 죽은 사람의 일그러진 냄새가 가장 깊이 숨겨진 원한마저 해소시킬 때까지 지속되기를 바라면서 미리 즐거워했다.

이제 우리는 그토록 오래 염원했던 마콘도 사람들의 기쁨을 빼앗아 버릴 것이다. 나는 이런 우리의 결정이 어느 정도는 마을 사람들의 마음에서 좌절이라는 슬픈 감정이 아니라 연기되었을 뿐이라는 느낌을 태어나게 해 줄 것이라고 느낀다.

또한 그런 이유 때문에 나는 아이를 집에 놔두어야만 했다. 지난 십 년간 의사에게 했던 것처럼 이제는 우리를 인정사정없이 잔인하게 다룰 음모에 관련시키지 말아야 했다. 아이는 이런 약속에서 빠져 있어야 했다. 심지어 아이는 왜 자기가 여기에 있는지, 왜 우리가 쓰레기로 가득한 이 방에 자기를 데려왔는지도 모른다. 아이는 어리둥절한 표정을 지으며 잠자코 있다. 누군가가 이 모든 것의 의미를 설명해 주기를 기다리는 것 같다. 앉아서 다리를 흔들거리며 의자에 손을 갖다 대고는 누군가가 이 끔찍한 수수께끼를 해독해 주기를 기다리는 듯하다. 나는 그 누구도 그렇게 하지 않을 것이라고, 누구도 아이에게 보이지 않는 문을 열어 주어 그가 이해할 수 없는 곳으로 들어가게 하지는 않을 것이라고 굳게 믿고 싶다.

아이는 여러 번 나를 쳐다보았는데, 나는 아이의 눈에 목까지 잠근 옷을 입고 고릿적 모자를 쓴 내가 이상하고 모르는 사람처럼 보였을 것임을 잘 안다. 사실 그것은 나 스스로의 불길한 예감조차 나를 알아보지 못하게 하기 위해서였다.

메메가 살아서 이 집에 있다면 아마도 달라졌을 것이다. 사람들은 내가 그녀 때문에 왔을 것이라고 믿을 수도 있다. 내가 고통에 동참하러 왔다고 믿을 수도 있을 것이다. 그녀는 그런 고통을 느끼지 않았을 수도 있지만 그런 것처럼 보이게 했을 테고, 마을 사람들은 충분히 납득했을 수도 있었을 것이다. 메메는 십일 년 전쯤 모습을 감추었다. 의사가 죽으면서 그녀의 행선지, 아니 적어도 그녀의 뼈가 묻힌 곳이 어딘지 알 가능성마저도 사라져 버렸다. 메메는 여기에 없지만, 아마도 여기에 있다면 — 실제로 일어났고 결코 무슨 일인지 분명하게 밝혀지지 않은 그런 일이 벌어지지 않았다면 — 마을 사람들 편을 들었을 테고, 마치 노새가 그랬을 것처럼 육 년 동안 그녀의 침대를 수많은 사랑과 자비로 뜨겁게 달구었던 남자에게 등을 돌렸을지도 모른다.

기차가 마지막 굽은 철길에서 기적을 울리는 소리가 들린다. '두 시 반이야.' 나는 생각한다. 나는 이 시간에 모든 마콘도 사람들이 우리가 이 집에서 무엇을 하는지 관심을 기울이고 있다는 생각을 피할 수 없다. 나는 비쩍 마르고 양피지 같은 레베카 부인을 생각한다. 선풍기 옆에 앉아 창문 철망의 그림자를 얼굴에 새기고 있는 그녀의 시선과 옷차림새에는 어딘지 모르게 집안의 유령 같은 것이 깃들어 있다. 마지막 굽은 철길로 사라지는 기적 소리를 들으면서, 레베카 부인은 뜨거운 날씨와 한 맺힌 마음에 괴로워하며 머리를 선풍기 쪽으로 갖다 댄다. 마음속의 날개가 선풍기 날개처럼(하지만 역방향으로) 빙빙 돌고, 그녀는 이렇게 중얼댄다. "악마가 이 모든 것에 손을 뻗어." 그러고는 몸서리를 치고서 일상이라는 조그만 뿌리에 자기의 삶을 묶어 맨다.

다리를 저는 아게다는 기차역에서 애인과 작별하고 돌아오는 솔리타를 바라본다. 그녀는 솔리타가 아무도 없는 길모퉁이를 돌면서 양산을 펼치는 것을 보고, 그녀가 성적 쾌감을 느끼며 다가오는 것을 본다. 그녀는 언젠가 그걸 느낀 적이 있었고, 그것 때문에 참을성 강한 종교라는 질병에 빠지게 되었다. 그래서 그녀는 이렇게 말한다. "너는 우리에 있는 돼지처럼 침대에서 뒹굴 것이다."

나는 이런 생각에서 벗어날 수 없다. 지금이 두 시 반이라는 생각을 하지 않을 수 없다. 지금 뜨거운 흙먼지로 뒤덮인 노새가 우편물을 짊어진 채 지나가고, 신문 꾸러미를 받기 위해 수요일의 낮잠을 설친 사람들이 뒤따르고 있다는 생각을 피할 수가 없다. 앙헬 신부는 기름기가 좔좔 흐르는 배 위로 성무일도서를 펴 놓고 성구 보관실에 앉아 꾸벅꾸벅 졸면서, 우편물을 실은 노새가 지나가는 소리에 수면을 방해하는 파리를 쫓으면서 이렇게 말한다. "네 미트볼 때문에 배 속이 영 좋지 않구나."

아버지는 이런 모든 것에 냉담하다. 심지어 관 뚜껑을 열게 하고는 침대에 잊어버리고 놔둔 신발을 넣는다. 오직 아버지만이 이 천하고 비열한 사람에게 관심을 보일 수 있는 사람이었다. 우리가 시체와 함께 거리로 나가면, 사람들이 밤새 모아 둔 분뇨를 가지고 문 앞에서 기다리다가 마을 사람들의 뜻을 거스른다는 이유로 오물 세례를 퍼붓는다 해도 나는 전혀 놀라지 않을 것이다. 아마도 아버지가 관여되어 있기에 그렇게 하지는 않을 것이다. 아니, 아마도 마을 사람들이 오랫동안 그토록 염원했으며, 푹푹 찌는 수많은 오후 동안 상상했던 기쁨을 좌절시키는 이런 행위는 비열하고 부끄러운 것이기에 그렇게 할 수도 있다. 남자와 여자들이 이 집 앞을 지나갈 때마다 "조만간 이 냄새로 점심을 먹을 수 있을 거야."라고 말하곤 했기 때문이다. 첫 집부터 끝 집까지 하나도 예외 없이 모두 그렇게 말했다.

조금만 있으면 세 시가 될 것이다. 이미 세뇨리타는 그걸 알고 있다. 그녀가 지나가는 것을 보고 창문 철망 뒤에 있어서 보이지 않던 레베카 부인이 불렀고, 순간적으로 선풍기의 바람이 미치는 곳에서 나와 이렇게 말했다. "세뇨리타는 악마야. 너도 알 거야." 내일 학교에 갈 사람은 내 아들이 아니라 완전히 다른 아이일 것이다. 자라서 아이를 낳고 마침내 죽게 될 아이일 것이다. 그리고 기독교인으로 매장될 수 있음을 인정하는 감사의 마음을 이 아이에게 빚진 사람은 없을 것이다.

만일 이십오 년 전에 누구도 어디서 온지 모르는 이 남자가 추천장을 가지고 아버지의 집에 오지 않았더라면, 우리와 함께 있으면서 풀만 먹지 않고 눈구멍에서 툭 튀어나온 개처럼 탐욕스러운 눈으로 여자들을 쳐다보지 않았더라면, 지금 나는 이 집에서 마음 편히 있을 것이다. 하지만 내가 받을 벌은 내가 태어나기 전부터 쓰여 있었고, 내가 서른 살 생일을 맞게 될 이 운명적인 윤년에 아버지가 "나와 함께 가 줘야겠다."라고 말할 때까지 억눌린 채 숨어 있었다. 그러고는 내가 질문할 시간도 갖기 전에 아버지는 지팡이로 바닥을 치면서 말했다. "내 딸아, 무슨 일이 있더라도 이 일을 처리해야 해. 의사가 오늘 새벽에 목을 매 죽었어."

일꾼들은 나갔다가 망치와 못 상자를 들고 방으로 되돌아왔다. 아직 관에 못을 박지는 않았다. 그들은 못과 망치를 탁자 위에 올려놓고서 죽은 사람이 있는 침대에 걸터앉았다. 할아버지는 침착해 보이지만 그건 불완전하고 필사적인 침착함이다. 관 속에 있는 시체처럼 침착한 것이 아니라, 초조해하는 사람이 차분하게 보이려고 애쓰는 것 같은 침착함이다. 할아버지는 차분해 보이지만 그건 초조함과 반항과 불안을 잠재

우려는 침착함이다. 그래서 절룩거리면서 방 안을 돌아다니며 수북이 쌓여 있는 물건들을 치운다.

방 안에 파리가 있다는 것을 알고서 나는 관이 모기로 가득 찼다는 생각에 괴로워한다. 아직 일꾼들은 관에 못을 박지 않았지만, 내가 처음에 이웃집의 선풍기 소리와 혼동했던 그 윙윙거리는 소리는 관의 옆면과 죽은 사람의 얼굴을 무턱대고 때리는 파리 떼의 소리처럼 들린다. 나는 고개를 흔든다. 눈을 감는다. 그리고 할아버지를 본다. 할아버지가 여행 가방을 열어서 물건 몇 개를 꺼냈는데 나는 그게 무엇인지 제대로 볼 수 없다. 침대에서 네 개의 깜부기불을 보지만, 담배에 불을 붙인 사람들의 얼굴이 보이지는 않는다. 숨 막히는 더위에, 흐르지 않는 시간에, 파리의 윙윙거리는 소리에 시달린 나머지, 나는 마치 누군가가 이렇게 말하는 것처럼 느낀다. '너는 그렇게 있을 것이다. 너는 파리로 가득한 관 안에 있을 것이다. 너는 곧 열한 살이 될 테지만, 언젠가 너는 그렇게, 닫힌 상자 안에서 파리 떼에게 버려지게 될 것이다.' 나는 양다리를 모아서 쭉 펴고, 반짝거리는 내 검은 구두를 본다. '한쪽 끈이 풀어졌어.' 생각하고, 나는 다시 엄마를 바라본다. 엄마 역시 나를 쳐다보고, 몸을 숙여 구두끈을 매 준다.

엄마 머리에서 김이 솟아난다. 따뜻하고 찬장 냄새를 풍긴다. 잠든 나무 냄새다. 그러자 나는 다시 관의 닫힌 공간을 떠올린다. 갈수록 숨쉬기가 힘들다. 이곳에서 나가고 싶다. 거리의 뜨거운 공기를 마시고 싶다. 나는 최후의 수단을 사용한다. 엄마가 일어나자 나는 작은 소리로 말한다. "엄마!" 엄마는 웃으며 말한다. "응, 왜?" 나는 엄마에게, 엄마의 반짝이는 맨 얼굴을 향해 몸을 숙이고서 떨리는 목소리로 말한다. "저 뒤로 가고 싶어요."

엄마는 할아버지를 불러 뭐라고 말한다. 나는 할아버지의 안경 너머로 움직이지 않는 작은 눈을 본다. 그때 할아버지가 다가와서 내게 말한다. "지금은 도저히 안 된다는 걸 알아 둬라." 내 시도가 실패했음에도 나는 팔과 다리를 펴고 대수롭지 않은 척하면서 가만히 있는다. 하지만 또다시 너무 천천히 일들이 일어나기 시작한다. 빠른 움직임이 한번 일어나더니 몇 차례 이어진다. 엄마가 내 어깨 위로 몸을 숙이고서 말한다. "이제 괜찮니?" 심각하고 단호한 목소리다. 마치 내게 묻는다기보다는 나무라는 것 같다. 배가 당겨 오고 딱딱하다. 엄마의 질문을 받고는 배 속이 느즈러지더니 이내 가득 차고 설사가 나올 것만 같다. 그러자 모든 게, 심지어 엄마의 심각한 표정도 모두 내게 공격적이고 도전적이 된다. "아니요." 나는 말한다. "아직 괜찮지 않아요." 나는 배를 꽉꽉 누르고 다리로 바닥을 툭툭 치려고 한다.(또 다른 마지막 수단이다) 그러나 바닥과 거리가 있기 때문에 허공만 발견할 뿐이다.

누군가가 방으로 들어온다. 할아버지가 데려온 일꾼 중 하나다. 그 뒤로 경찰관 한 명과 다른 한 명이 뒤따른다. 그 사람은 경찰처럼 초록색 능직 무명 바지를 입고, 허리띠에 권총을 차고, 손에는 모자를 들었는데, 모자챙은 크고 비틀어졌다. 할아버지는 앞으로 나가 그를 맞이한다. 초록색 바지를 입은 사람은 어둠 속에서 기침을 하더니 할아버지에게 뭐라고 말한다. 그러고는 다시 기침을 한다. 계속 기침을 하면서 그는 경찰관에게 강제로라도 창문을 열라고 명령한다.

나무 벽은 금방이라도 허물어질 것 같은 모습이다. 차갑고 단단한 재로 만들어진 것처럼 보인다. 경찰관이 소총 개머리판으로 조심스럽게 빗장을 때리자 나는 창문이 열리지 않을 거라는 인상을 받는다. 재로 지은 궁전이 바람 속에서 무너지듯 벽들이 큰 소리를 내지 않고 허물어지면 집은 무너져 버릴 것이다. 나는 경찰관이 또다시 빗장을 때리면, 우리는 뜨거운 햇볕 아래 파편 조각에 뒤덮인 채 거리에 앉아 있게 될 것이라고 생각한다. 그러나 두 번째 때리자 창문이 열리고 빛이 방 안으로 들어온다. 갑자기 빛이 쏟아진다. 마치 방향 감각을 잃은 채 마구 뛰어다니면서 말없이 킁킁거리며 냄새 맡는 동물에게 문을 열어 대고는 돌아와서 뚜껑 문의 가장 시원한 구석에 마음 편히 벌렁 드러눕는다.

창문이 열리자 물건들이 보이는데 이상하고 비현실적인 분위기 속에서 서로 엉겨 붙는다. 그때 엄마가 깊은 숨을 내쉬면서 내게 손을 내밀고 말한다. "이리 와, 창문으로 우리 집을 보자." 엄마의 품 속에서 나는 다시 마을을 본다. 마치 여행을 끝내고 돌아오는 것 같다. 나는 색 바래고 허물어진 우리 집을 보지만, 그곳은 아몬드 나무 밑에 있어서 시원하다. 여기서 나는 내가 초록색의 다정하고 시원한 집에 한 번도 없었던 것처럼, 마치 우리 집이 내가 악몽을 꾸던 밤마다 엄마가 약속했던 상상 속의 완벽한 집인 것처럼 느껴진다. 나는 페페를 쳐다본다. 그는 멍한 표정으로 우리를 보지 못하고 지나간다. 옆집에 사는 그 아이는 방금 전에 머리카락을 자른 것처럼 낯선 모습으로 휘파람을 불며 간다.

그때 읍장이 셔츠를 열어젖힌 채 땀을 흘리며 일어난다. 완전히 어찌할 바 모르는 표정이다. 그는 굳은 표정으로 내게 다가온다. 그리고 격앙해서 자기 주장을 편다. "냄새가 나기 시작하지 않으면 죽었다고 단정 지을 수 없습니다." 이렇게 말하면서 셔츠 단추를 채우고 담배에 불을 붙인다. 그의 얼굴은 다시 관을 향하는데, 아마도 이렇게 생각하는 것 같다. '이제는 내가 법을 위반한다고 말할 수 없을 거야.' 나는 그의 눈을 쳐다보고 단호하게 그를 쳐다보았다고 느낀다. 내가 그의 생각을 속속들이 꿰뚫어 본다는 것을 그가 충분히 알아챌 수 있을 정도다. 나는 그에게 말한다. "읍장님은 나머지 사람들의 비위를 맞추기 위해 법에 저촉되는 행동을 하고 있습니다." 그러자 그는 자기가 듣고자 기다리던 말이었다는 듯이 대답한다. "당신은 훌륭한 분입니다, 대령님. 당신은 내가 내 권리를 행사하고 있다는 것을 압니다." 나는 그에게 말한다. "당신은 누구보다도 그가 죽었다는 걸 분명히 알고 있습니다." 그는 말한다. "사실입니다. 하지만 어쨌건 간에 나는 일개 관리에 불과합니다. 사망 증명서만이 유일하게 합법적인 것입니다." 그러자 나는 말한다. "법이 당신 편이라면, 그걸 이용해서 의사를 데려와 사망 증명서를 발부하도록 하십시오." 그는 교만하지 않고 차분하게, 약점이나 당황한 기색을 조금도 드러내지 않고 고개를 들고 말한다. "당신은 훌륭한 사람이고,

그게 독단적인 행위가 될 거라는 사실을 알고 있습니다." 그의 말에 나는 그가 술을 많이 먹거나 비겁해서 바보가 된 것은 아니라는 사실을 깨닫는다.

이제 나는 읍장이 마을 사람들의 깊은 증오심에 동조하고 있다는 걸 안다. 그것은 십 년 동안 쌓여 온 감정이다. 그것은 마을 사람들이 부상자들을 진료실 문 앞으로 데려와 소리쳤을(의사가 문을 열지 않고 집 안에서 말했기 때문에) 때부터 시작되었다. 사람들은 의사에게 소리쳤다. "의사 선생님, 이 부상자들을 돌봐 주세요. 다른 의사들은 치료해 주려고 하지 않아요." 그런데도 문은 열리지 않았다.(문은 계속 닫혀 있었고, 부상자들이 그 앞에 있었기 때문에) "마을에 남아 있는 의사가 당신뿐이에요. 자비를 베풀어 주세요." 사람들은 그가 거실 한가운데서 등잔을 높이 들고 있고, 그의 매정한 노란 눈이 불빛을 받아 빛나고 있다고 상상했다. 그가 대답했다.(역시 그때도 문은 열리지 않았다.) "알고 있던 의학 지식을 모두 잊어버렸소. 다른 곳으로 데려가시오." 그러고는 여전히 닫힌 문을 열지 않았다.(그때부터 문은 한 번도 열리지 않았기 때문에) 그러는 동안 증오는 커지고 가지를 쳤으며, 집단적 적대감으로 변했고, 결국 그는 나머지 생애 동안 마콘도와 휴전하지 않고 싸우게 되었다. 그래서 내 귀를 쫑긋 세울 때마다 그날 밤 외쳤던 판결문, 그러니까 의사로 하여금 이 벽들 뒤에서 썩어 문드러지게 하라고 선고한 판결문이 울려 퍼지는 것 같았다.

그가 마을의 물을 마시지 않은 채 십 년이란 세월이 흘렀다. 독살될지도 모른다는 두려움에 사로잡혀 있었기 때문이다.

그래서 그와 원주민 첩은 마당에 심은 야채만 먹었다. 그가 십 년 전에 마을 사람들에게 동정을 베풀기를 거부했던 것처럼, 이제 마을 사람들은 그에 대한 자비와 동정을 거부할 시간이 오고 있다고 느낀다. 마콘도는 그가 죽었다는 것을 알고 있으며(모두가 오늘 아침 평소보다 약간 가벼운 마음으로 일어났을 게 분명하기 때문에), 그토록 학수고대하고 모두가 그럴 만하다고 여기는 그 기쁨을 즐길 준비를 한다. 그들은 그때 결코 열리지 않았던 문 뒤에서 유기물이 썩어 가는 냄새만 느끼고자 한다.

이제 나는 한 마을의 만행과 맞선 내 약속이 아무 가치도 없을 것이며, 원한에 사무친 무리의 증오와 고집 때문에 궁지에 빠졌다고 생각하기 시작한다. 심지어 교회도 내 결정과 맞설 방법을 찾았다. 앙헬 신부는 조금 전에 내게 말했다. "나는 하느님을 섬기지 않고 육십 년을 살고서 스스로 목을 맨 사람을 신성한 땅에 묻게 허락하지 않을 작정입니다. 우리 주님은 당신을 좋게 보실 겁니다. 만일 당신이 자비의 작품이 아니라 반항의 죄가 될 것을 행하지 않는다면 말입니다." 나는 신부에게 말했다. "성경에 쓰여 있는 대로, 죽은 사람들을 묻어 주는 것은 자비를 베푸는 일입니다." 그러자 앙헬 신부는 말했다. "그렇습니다. 하지만 이 경우는 우리가 아니라 보건 당국이 해야 하는 일입니다."

나는 왔다. 그리고 우리 집에서 키운 네 명의 과히라 원주민들을 불렀다. 또한 내 딸 이사벨에게 함께 가자고 강요했다. 내가 마을 거리를 지나 묘지까지 시체를 끌고 갈 수도 있었지만, 그보다는 딸과 함께 있는 것이 더 가족적이고 더 인간적이며 덜 개인적이고 덜 도전적이다. 금세기에 무슨 일이 일어나는지 보았기 때문에 나는 마콘도가 어떤 일도 할 수 있다고 생각한다. 하지만 늙었고 공화국 대령이었다는 나를, 더군다나 육체는 비틀거리지만 의식만은 온전한 나를 존중하지 않을지도 모른다. 그러나 적어도 여자라는 이유로 내 딸만은 존중해 주기를 바란다. 나는 나를 위해서 이런 행동을 하는 게 아니다. 아마도 죽은 사람이 편안하라고 하는 일도 아닐 것이다. 이것은 성스러운 약속을 지키기 위한 것에 불과하다. 내가 이사벨을 데려온 것은 비겁해서가 아니라 자비를 베풀기 위함이다. 그녀는 아이를 데려왔고(나는 이사벨도 똑같은 이유로 그렇게 했다고 믿는다), 이제 우리 세 사람은 여기 있으면서 이 힘들고 위급한 상태의 무게를 견디고 있다.

우리는 조금 전에 도착했다. 나는 우리가 여전히 지붕에 매달린 시체를 보게 될 것이라고 믿었지만, 내가 부른 일꾼들이 먼저 도착해서 그를 침대에 눕혔고, 이 일이 한 시간 이상 걸리지 않을 것이라는 남모를 확신을 가지고 그에게 수의를 대충 입혀 놓았다. 나는 도착하자마자 그들이 관을 가져오기를 기다리고, 한쪽 구석에 앉은 내 딸과 아이를 보고, 의사가 자기 결심을 밝혀 줄 무언가를 남겨 놓았을지 모른다고 생각하면서 방 안을 꼼꼼하게 살핀다. 책상이 열려 있고, 어지럽게 널린 종이로 가득하지만, 그가 쓴 것은 하나도 없다. 책상에는 제본된 약품 처방집이 있다. 가족 전체의 옷이 들어갈 만큼 커다란 그 여행 가방을 열었던 이십오 년 전에 그가 우리 집에 가져온 바로 그것이었다. 그러나 여행 가방에는 싸구려 셔츠 두 개와 틀니 하나뿐이었다. 그는 치아가 튼튼하고 하나도 빠지지 않았기 때문에 틀니는 그의 것일 리 없었다. 그리고 사진 한 장과 처방전 하나가 있었다. 나는 서랍을 열고 모든 서랍에서 인쇄된 종이를 본다. 오래되고 먼지 쌓인 그냥 종이에 불과하다. 맨 아래의 마지막 서랍에는 그가 이십오 년 전에 가져온 틀니가 아직도 있는데, 그것은 세월이 흐르고 사용하지도 않았기 때문에 누렇고 먼지로 뒤덮여 있다. 불 꺼진 등잔 옆의 조그만 탁자에는 펼쳐 보지도 않은 신문 꾸러미가 몇 개 있다. 나는 그것들을 살펴본다. 프랑스어로 쓰였고, 가장 최근 신문이 석 달 전인 '1928년 7월'이다. 풀어 보지 않은 또 다른 꾸러미들도 있다. '1927년 1월'과 '1926년 11월'에 나온 것이다. 더 오래된 것도 있다. 그것은 '1919년 10월'에 나온 것이다. 나는 생각한다. '구 년 전에, 그러니까 그의 선고문이 발표되고 일 년 후부터 그는 신문 꾸러미를 풀지 않았어. 그때부터 자기 조국과 자기 동포와 관련된 마지막 연결 고리도 끊어 버린 거야.'

일꾼들이 관을 가져오고 시체를 내려놓는다. 그러자 나는 이십오 년 전의 어느 날을 떠올린다. 그가 우리 집에 와서 추천장을 건네주었던 날이다. 추천장은 파나마에서 작성되었고, 대전쟁[2]이 끝나 갈 시기에 대서양 연안 지역 군수 사령관

---

2) 천일전쟁(Guerra de los mil días)을 지칭한다. 콜롬비아에서 일어난 이 내전은 1899년 10월 17일부터 1902년 11월 21일(총 1130일)까지 지속되었으며, 잘 조직된 정부군과 제대로 훈련받지 못한 자유당 게릴라군 사이의 비정규전이라는 특징을 지닌다. 1902년 10월 24일 막달레나 주의 바나나 생

이었던 아우렐리아노 부엔디아 대령이 내게 보낸 것이었다. 바닥을 알 수 없는 그 여행 가방의 어둠 속에서 나는 그가 가져온 하찮은 것들을 찾는다. 가방은 열쇠를 채우지 않은 채 한쪽 구석에, 그가 이십오 년 전에 가져온 물건들과 함께 있다. 나는 기억한다. '싸구려 셔츠 두 벌과 틀니 상자 하나, 사진 한 장, 낡고 제본된 약품 처방집이 있었어.' 나는 관 뚜껑을 닫기 전에 이런 것들을 집어서 관 안에 넣는다. 사진은 아직도 가방 밑바닥에 있다. 예전에 있었던 곳과 거의 같은 자리다. 그것은 훈장을 잔뜩 단 어느 장군의 은판 사진이다. 나는 사진을 상자에 넣는다. 그리고 틀니와 마지막으로 처방집도 관 안에 넣는다. 그 작업이 끝나자 나는 일꾼들에게 신호를 보내 관 뚜껑을 닫으라고 한다. 그러면서 생각한다. '이제 다시 여행을 하는 거야. 마지막 여행에는 이 여행 전에 그와 함께했던 것들을 가져가는 게 가장 자연스럽지. 적어도 그게 가장 자연스러운 일이야.' 그러자 나는 처음으로 그의 죽은 모습이 편안해 보인다고 느낀다.

나는 방 안을 살펴보고 침대에 있는 신발 한 짝을 잊었다는 것을 깨닫는다. 내가 손에 신발을 들고 일꾼들에게 신호를 하니 그들이 다시 관 뚜껑을 연다. 바로 그 순간 마을의 마지막 굽은 철길로 사라져 가는 기차가 기적을 울린다. '두 시 반이야.' 하고 나는 생각한다. '1928년 9월 12일 두 시 반, 이 남자

산 지역에 위치한 '네에를란디아' 농장에서 평화 조약이 체결되지만 전투는 계속되고, 마침내 1902년 11월21일 파나마 만에 정박한 미국 군함 위스콘신 호에서 최종 평화 협정이 이루어진다.

가 처음으로 우리 식탁에 앉아 먹을 풀을 달라고 했던 1903년의 그날과 같은 시간이야.' 그때 아델라이다는 말했다. "어떤 풀을 원하시는 거예요, 의사 선생님?" 그러자 그는 여전히 코맹맹이 소리를 내며 되새김 동물처럼 웅얼대듯이 짧게 대답했다. "일반 풀입니다, 부인. 당나귀들이 먹는 그런 풀입니다."

2

사실 메메는 집에 없고, 언제부터 이곳에 있지 않았는지 정확하게 말해 줄 수 있는 사람은 아무도 없다. 나는 그녀를 십일 년 전에 마지막으로 보았다. 그때만 해도 이 길모퉁이에 조그만 주류 판매점을 가지고 있었는데, 그것은 마을 사람들의 성화 때문에 눈치챌 수 없이 조금씩 바뀌더니 마침내 잡화점이 되고 말았다. 모든 게 아주 질서 정연하게 정돈되어 있었다. 메메의 꼼꼼하고 근면한 성격 덕분이었다. 메메는 이웃 사람들을 위해 당시 마을에 있었던 네 개의 도메스틱 재봉틀 중 하나로 일하거나 아니면 계산대 뒤에서 원주민 여자의 다정한 표정으로 단골손님들을 맞이하며 하루를 보냈다. 그녀는 그런 표정을 한 번도 잃지 않았으며, 동시에 관대하고 말이 없었다. 순진과 불신이 복잡하게 뒤섞인 여자였다.

나는 메메가 우리 집에서 나간 이후부터 그녀를 만나지 못했지만, 사실대로 말하자면 언제 길모퉁이로 의사와 함께 살러 갔는지 정확하게 말할 수 없다. 어쨌든 자기에 대한 치료를 거부했던 사람인데, 어떻게 극단적으로 그의 여자가 되는 비열하고 수치스러운 사람이 되었는지도 말할 수 없다. 그녀는 수양딸로, 그는 장기 체류 손님으로, 두 사람이 아버지의 집을 함께 사용했다. 새어머니를 통해 나는 의사가 좋지 않은 사람이며, 아버지와 오랫동안 논쟁을 벌이면서 메메와의 일은 전혀 심각한 것이 아니라고 설득하려고 했다는 사실을 알았다. 게다가 그는 그녀를 보지도 않고, 자기 방에서 움직이지도 않은 채 그렇게 말했다. 좌우간 과히라 여자의 문제가 지나가는 질병에 불과했을지라도 그는 그녀를 치료해 주었어야만 했다. 그는 우리 집에서 팔 년간 살았고, 우리가 그를 후하게 대했다는 점을 고려해서라도 그래야만 했다.

나는 어떻게 일들이 일어났는지 모른다. 단지 어느 날 메메가 우리 집에서 눈을 뜨지 않았고, 그도 그러지 않았다는 것만 안다. 그러자 새어머니는 그 방을 닫아 버리라고 했고, 십이 년 전까지, 그러니까 우리가 내 웨딩드레스를 만들고 있을 때까지 의사에 대해 한마디도 하지 않았다.

우리 집에서 떠나고 서너 번의 일요일이 지난 뒤, 메메는 성당의 여덟 시 미사에 참석했다. 무늬가 요란한 실크드레스를 입고, 조화 한 송이로 윗부분을 장식한 우스꽝스러운 모자를 쓰고 있었다. 나는 항상 우리 집에서 하루의 대부분을 맨발로 보내는 그녀의 소박한 모습만 보았다. 그런데 그녀가 성당에 들어온 그 일요일에는 우리가 알고 있던 메메와 전혀 다른 여자처럼 보였다. 그녀는 앞자리에서 마을 유지들의 부인들과 함께 뻣뻣하고 부자연스러운 자세로 미사를 들었는데, 그건 그녀가 드레스 밑에 수많은 것들을 입었기 때문이었다. 그런 것들이 그녀를 도저히 이해할 수 없는 새로운 여자이자 싸구려 물건들로 가득 장식한 현란하고 새로운 볼거리로 만들었다. 그녀는 앞에서 무릎을 꿇고 있었다. 심지어 미사 시간에 보여 준 신앙심마저 그녀가 지금까지 보여 주지 않은 새로운 면모였다. 그리고 십자 성호를 긋는 태도도 화려하고 번지르르한 겉치레스러운 면이 있었다. 그런 유치찬란한 모습으로 그녀는 성당에 들어왔고, 그러자 그녀가 우리 집의 하녀로 일했다는 것을 알고 있던 사람들은 어리둥절했고, 그녀를 한 번도 보지 못했던 사람들은 너무나 놀랐다.

당시 열세 살 이상은 되지 않았던 나는 왜 그런 변화가 일어났는지 마음속으로 물었다. 왜 메메가 우리 집에서 사라졌다가 점잖은 부인이라기보다는 크리스마스 구유처럼 옷을 입고, 아니면 부활 주일 미사에 참석하는 세 여자들의 옷을 모두 합친 것 같은 모습으로 그 일요일에 다시 성당에 모습을 드러냈는지 생각했다. 어쨌건 과히라 여자는 또 다른 네 번째 여인을 치장할 수 있을 정도로 장식 주름을 잡은 옷을 입고 목걸이를 하고 있었다. 미사가 끝나자 여자들과 남자들은 그녀가 나오는 것을 보기 위해 문 앞에서 발걸음을 멈추었다. 그들은 성당 안마당에 자리를 잡고서 출구 앞에 나란히 두 줄로 섰다. 나는 심지어 그런 냉랭하고 조롱 섞인 엄숙한 모습에는 비밀리에 계획된 무언가가 있다고 믿는다. 그렇게 그들은 한마디도 없이 메메를 기다렸다. 마침내 그녀가 문으로 나오더니 눈을 감았다가 다시 떴다. 일곱 색깔의 양산과 완벽한 조화를 이루고 있었다. 그렇게 그녀는 하이힐을 신고 공작새 같은 모양으로 여자들과 남자들이 만든 두 줄 사이로 지나갔다. 그때 한 남자가 길을 막아섰고, 그녀는 당황하여 어찌할 바 모른 채 한가운데 서서 아주 특별한 웃음을, 그러니까 그녀의 옷처럼 거짓되고 요란한 웃음을 지으려고 애썼다. 그런데 메메가 성당에서 나와 양산을 펼치고 걷기 시작하자 아버지가 내 옆에 있다가 그 무리를 향해 나를 끌고 갔다. 남자들이 길을 막기 시작했을 때 이미 아버지는 메메가 있는 곳까지 사람들을 헤치며 길을 열고 있었다. 메메는 놀란 나머지 그곳을 빠져나갈 방법을 찾으려 애쓰고 있었다. 아버지는 모인 사람들에게 눈길도 주지 않은 채 메메의 팔을 잡고서 오만하고 도전적인 태도로 광장 한복판으로 데려왔다. 그건 아버지가 나머지 사람들이 그의 생각에 동의하지 않을 때 취하는 태도였다.

어느 정도 시간이 흘러서야 나는 메메가 의사의 첩으로 살러 갔다는 사실을 알게 되었다. 그 당시 조그만 가게는 열려 있었고, 그녀는 사람들이 뭐라고 말하든 뭐라고 생각하든 개의치 않으며, 가장 정숙하고 고귀한 부인처럼 미사에 계속 참석했다. 마치 첫 번째 일요일에 일어난 일을 잊어버린 듯했다. 그러나 두 달 후, 그녀는 더 이상 성당에 모습을 드러내지 않았다.

나는 우리 집에 머물던 의사를 떠올렸다. 그의 뒤얽힌 검은 콧수염을 비롯해 음탕하고 탐욕스러운 개 같은 눈으로 여자들을 어떻게 쳐다보았는지 기억했다. 나는 그에게 절대 가까이 가지 않았다고 기억한다. 아마도 그것은 내가 모든 식구들이 자리에서 일어난 후에 식탁에 앉아 당나귀들에게 주는 것과 똑같은 풀을 먹던 그를 이상한 동물처럼 쳐다보았기 때문일 것이다. 삼 년 전 아버지가 병에 걸릴 때까지 의사는 단 한 번도, 그러니까 부상자들의 치료를 거부했던 그날 밤 이후, 그리고 마찬가지로 육 년 전에 이틀 뒤 그의 첩이 될 여자의 치료를 거부했던 이후, 이 길모퉁이 집에서 나오지 않았다. 그 조그만 가게는 마을 사람들이 의사에게 선고를 내리기 전부터 닫혀 있었다. 그러나 나는 메메가 가게를 닫은 후 몇 달, 아니 몇 년 동안 계속 이곳에서 살았다는 걸 알고 있다. 그녀가 여기서 모습을 감춘 것은 훨씬 이후의 일임에 분명하다. 적어도 그녀가 이곳에 없다는 것을 알게 된 사실은 이 문에 붙은 익명의 전단지가 그렇게 말했기 때문이었다. 전단지에 따르면, 의사가 첩을 죽였고, 마을 사람들이 그녀를 이용해 자기를 독살할지 모른다는 두려움에 사로잡혀 채소를 기르던 마당에 묻었다. 하지만 나는 결혼하기 전에 메메를 보았다. 십일 년 전에 내가 로사리오 기도를 마치고 돌아오는데, 그 과히라 여자가 가게 문 앞에 나와 명랑하면서도 약간 비꼬는 투로 이렇게 말했다. "이사벨, 곧 결혼한다면서 왜 내게는 아무 말도 하지 않았어?"

"그렇답니다." 나는 그에게 말한다. "그렇게 되어야 하지요." 그러고서 올가미를 당긴다. 아직 한쪽 끝에는 방금 칼로 자른 밧줄의 생살이 보인다. 나는 일꾼들이 시체를 내리기 위해 잘랐던 올가미를 다시 묶고, 대들보 위로 밧줄 한쪽 끝을 던져 밧줄을 팽팽하게 만든다. 이제 밧줄은 이 사람의 죽음과 똑같은 많은 죽음을 제공하기에 충분해졌다. 모자로 부채질하는 동안, 술에 절고 제대로 숨을 못 쉬어 색깔이 변한 얼굴이 밧줄을 보고 그 힘을 계산하더니 이렇게 말한다. "이토록 가느다란 밧줄이 그의 몸을 지탱했다는 것은 있을 수 없는 일입니다." 그래서 나는 말한다. "바로 그 밧줄이 오랫동안 그의 그물 침대를 지탱하고 있었지요." 그러자 그는 의자 하나를 한쪽으로 치우고 모자를 내게 주더니 손으로 밧줄을 잡고 매달린다. 힘이 드는지 그의 얼굴이 시뻘게진다. 그런 다음 다시 의자에 서서 팽팽한 밧줄을 살펴본다. 그리고 말한다. "불가능합니다. 저 밧줄은 내 목을 감을 수 없습니다." 그때서야 나는 그가 일부러 말도 안 되는 소리를 한다는 것을, 매장하지 못하도록 핑곗거리를 만들어 내고 있다는 것을 깨닫는다.

나는 그를 정면으로 뚫어지게 쳐다본다. 그리고 말한다. "그가 적어도 머리하나만큼 당신보다 크다는 것을 모르셨습니까?" 그러자 그는 뒤로 돌아 관을 쳐다본다. 그리고 말한다. "어쨌든 나는 이 밧줄로 그렇게 했으리라고는 확신할 수 없습니다."

나는 그렇게 했다는 것을 확신한다. 그는 그걸 알고 있지만, 그의 목적은 자기의 위신이 실추될까 두려워 시간을 끌려는 것이다. 그가 뚜렷한 방향 없이 움직이는 것에서 비겁함이 엿보인다. 그건 이중적이면서 모순된 비겁함이다. 즉 장례식을 방해하면서, 장례를 치르라고 지시하려는 것이다. 그때 그는 관 앞으로 가 제자리에서 빙 돌더니 나를 보며 말한다. "그가 매달린 모습을 봐야 납득할 수 있을 것 같습니다."

나는 그렇게 했을 수도 있다. 내 일꾼들에게 관을 열어 목매달아 죽은 사람이 조금 전에 있었던 대로 다시 밧줄에 매달라고 말했을 수도 있다. 그러나 딸에게 그걸 보여 준다는 것은 너무 심한 일이다. 내 딸이 데려오지 말았어야 할 아이에게도 너무 심한 충격일 수 있다. 나는 그런 식으로 죽은 사람을 다루고, 아무 힘도 없는 육체를 모독하고, 자기 자신의 애벌레 속에서 처음으로 마음 편히 있는 사람을 불안하게 만드는 것이 역겹지 않을 것이다. 관 속에서 정당하고 평화롭게 쉬는 시체를 이동하는 행위도 불편해하지 않는다. 이런 것들은 내 원칙에 위배되지 않는다. 나는 이 사람이 어디까지 갈 수 있는지 알기 위해 다시 그를 목매달라고 할 수도 있다. 하지만 그건 불가능하다. 나는 그에게 말한다. "내가 그런 지시를 내리지 않을 거라는 사실만은 믿어도 좋습니다. 당신이 원한다면, 당신 손으로 다시 목매달고, 그 이후 일어나는 일에 대해 책임을 지십시오. 그가 죽은 지 얼마나 되는지 우리도 모른다는 걸 기억하십시오."

그는 움직이지 않았다. 아직도 그는 관 옆에 서서 나를 쳐다본다. 그러고는 이사벨을 보고, 그런 다음에 아이를 보더니 다시 관을 바라본다. 갑자기 그의 표정이 어둡고 험상궂어진다. 그가 말한다. "당신은 이 일 때문에 무슨 일이 생길 수 있는지 알았을 겁니다." 나는 그의 위협이 어디까지 진실인지 이해한다. 나는 말한다. "물론 알고 있습니다. 내가 책임지겠습니다." 그는 이제 팔짱을 끼고 땀을 흘리면서 위협적으로 보이기 위해 부자연스럽고 우스꽝스럽게 움직이며 내게 걸어와 말한다. "이 사람이 어젯밤에 목매달아 죽은 것을 어떻게 알게 되었는지 물어봐도 되겠습니까?"

나는 그가 내 앞으로 오기를 기다린다. 나는 움직이지 않은 채 그대로 서서 그를 쳐다본다. 그의 따스하고 거친 숨이 내 얼굴을 때린다. 마침내 발길을 멈추지만, 여전히 팔짱을 끼고 한쪽 겨드랑이 뒤로 모자를 움직인다. 나는 말한다. "당신이 공무상 그 질문을 하는 거라면, 기꺼이 대답해 드리겠습니다." 그는 같은 자세로 여전히 내 앞에 있다. 내 말에 전혀 놀라거나 당황하는 기색을 보이지 않는다. 그는 말한다. "물론입니다. 대령님. 나는 공무상 질문하는 겁니다."

나는 이 밧줄을 그가 원하는 길이 만큼 줄 준비가 되어 있다. 나는 그가 아무리 억지를 쓰더라도 결국은 강인하고 인내력 있고 차분한 태도 앞에 굴복하고 말 것이라고 확신한다. 나는 말한다. "이 사람들이 밧줄을 잘라 시체를 내렸습니다. 당신이 오겠다고 결정할 때까지 계속 거기에 매달린 채 놔둘 수 없었기 때문입니다. 두 시간 전에 나는 당신에게 이리로 와 달라고 말했고, 당신은 두 블록밖에 안 되는 거리를 걷는 데 그 시간을 모두 썼습니다."

그는 아직도 움직이지 않는다. 나는 지팡이를 짚고 상체를 약간 숙인 채 그의 앞에 서 있다. 나는 말한다. "두 번째 이유는 내 친구이기 때문입니다." 내 말이 끝나기도 전에 그는 비아냥거리듯이 웃지만, 자세를 바꾸지 않은 채 내 얼굴에 진하고 시큼한 숨 냄새를 내뱉는다. 그가 말한다. "그건 세상에서 가장 쉬운 일입니다, 그렇지 않습니까?" 그러더니 갑자기 웃음을 멈춘다. 그는 다시 말한다. "그러니까 당신은 이 사람이 목매달 것이라는 사실을 알았다는 거군요."

차분하게 인내심을 발휘하면서 나는 그가 일을 복잡하게 만들려고 한다는 사실을 확신하고 이렇게 말한다. "다시 말하는데, 그가 목매달아 죽었다는 사실을 알고서 나는 가장 먼저 당신이 있는 곳으로 갔고, 그렇게 한 게 두 시간도 넘었습니다." 그는 마치 내가 진술한 게 아니라 질문을 한 것처럼 말한다. "난 점심을 먹고 있었습니다." 그래서 나는 말한다. "나도 알고 있습니다. 그런데 내가 보기에는 심지어 낮잠 잘 시간도 있었습니다."

그는 뭐라고 말해야 할지 모른다. 그는 뒤를 돌아본다. 아이와 함께 앉아 있는 이사벨을 본다. 일꾼들을 쳐다보고 마지막으로 나를 바라본다. 그러나 이제 그는 표정이 바뀌어 있다. 그는 방금 전부터 생각한 것을 실행에 옮기기로 결정한 것 같다. 그는 내게 등을 돌리고서 경찰관이 있는 곳으로 가더니 뭐라고 말한다. 경찰관이 고개를 끄덕이고는 방에서 나간다.

그러고서 내게 돌아와 내 팔을 낀다. 그는 이렇게 말한다. "다른 방에서 당신과 얘기하고 싶습니다, 대령님." 그의 목소리가 완전히 달라졌다. 이제는 긴장하면서 다소 불안해한다. 나는 옆방으로 가면서 내 팔을 잡은 그의 손이 약간 떨고 있는 것을 느낀다. 그러자 그가 내게 말할 내용이 무엇이지 알고 있다는 생각이 엄습한다.

다른 방과 달리 이 방은 넓고 시원하다. 마당의 햇빛이 방 안에 넘쳐흐른다. 여기서 나는 불안한 눈과 그런 그의 시선에 어울리지 않는 미소를 본다. 이렇게 말하는 그의 목소리가 들린다. "대령님, 이건 다른 방법으로 해결할 수 있습니다." 나는 그가 말을 끝낼 시간을 주지 않고서 말한다. "얼마면 되겠소?" 그러자 그는 완전히 다른 사람이 된다.

메메는 젤리가 든 음식과 두 개의 짭짜름한 모닝 빵을 가져왔다. 우리 어머니에게서 배워 만든 것들이었다. 시계가 이미 9시를 알린 후였다. 메메는 뒷방에서 내 앞에 앉아 마지못해 먹고 있었다. 마치 젤리와 빵이 나와 함께 있게 만드는 유일한 연결점 같았다. 나는 그렇게 이해했고, 그녀가 향수에 젖은 슬픈 열정으로 자신의 미로에 빠져 과거로 가라앉게 놔두었다. 그렇게 그녀는 계산대에서 타고 있는 등잔 불빛 아래 본래의 모습으로 나타났고, 그러자 모자를 쓰고 하이힐을 신고서 성당에 들어선 날보다 훨씬 허약하고 늙어 보였다. 그날 밤 메메는 과거를 회상하고 싶어 하는 게 분명했다. 그사이 지난 몇 년 동안 시간이 흐르지 않고 하나의 고정된 나이에 멈춰 있는 인상을 주었다. 기억을 되살리면서 그녀는 다시 자기 개인의 시간을 움직였고, 오랫동안 미루어 놓은 노화의 과정을 겪기 시작하는 것 같았다.

메메는 솔직했고 어두운 표정을 지으며 대전쟁이 일어나기 전인 지난 세기의 마지막 몇 년 동안 우리 가족이 누렸던 아름답고 멋진 봉건 시절에 관해 말했다. 메메는 우리 어머니를 떠올렸다. 성당에서 돌아오고 있던 내게 그녀가 놀리면서 약간 비꼬는 투로 "이사벨, 곧 결혼한다면서 왜 내게는 아무 말도 하지 않았어?" 하고 말했던 밤을 기억했다. 내가 어머니를 간절히 원했고, 있는 힘을 다해 내 기억에서 어머니를 되살리려고 애쓰던 시절이었다. 그녀는 이렇게 말했다. "넌 엄마의 살아 있는 초상화야." 나는 그 말을 정말로 믿었다. 나는 원주민 여자를 마주 보며 앉아 있었고, 원주민 여자는 또박또박하면서도 모호한 말투로, 마치 자기가 기억하는 것에는 믿을 수 없는 전설 같은 게 많은 것처럼, 하지만 그것을 좋은 마음으로 기억하고 있으며 심지어는 시간이 흐르면서 전설은 희미한 현실이 되었지만 쉽게 잊을 수 없다는 확신을 가지고 말했다. 그녀는 내게 전쟁 동안에 우리 부모님이 여행했던 이야기와 마콘도 정착으로 끝나게 된 험난한 방랑 생활에 대해 말했다. 부모님은 전쟁의 위험과 유해한 요인을 피해 번화하면서도 조용한 구석을 찾아 정착하고자 했다. 그러다가 황금 송아지에 관해 말하는 소리를 들었고, 당시 마을로 모습을 갖추어 가던 곳에 그 송아지를 찾으러 갔다. 그곳은 몇몇 피난민 가족이 세운 마을로, 그들은 돼지를 살찌우는 것만큼이나 전통과 미사 참석 습관을 지키기 위해 온 정성을 다했다. 우리 부모님에게 마콘도는 약속의 땅이자 평화의 땅이었으며 헤아리기 힘든 보물이었다. 여기서 그들은 집을 다시 짓기에 적당한 장소를 발견했고, 그 집은 몇 년 후 마구간 세 개와 손님방 두 개를 갖춘 시골 저택이 되었다. 메메는 아무런 후회의 감정도 없이 세세한 사실들을 떠올렸고, 가장 황당한 것들에 관해 말하면서 그것들을 다시 되살리려는 억누를 수 없는 욕망을 드러내거나, 아니면 이제는 되살릴 수 없다는 사실로 인해 괴로워했다. 여행하면서 고통을 겪지도 않았고 생필품이 부족하지도 않았어, 하고 그녀는 말했다. 심지어 말들도 모기장 안에서 잤다. 그것은 아버지가 돈을 헤프게 쓰거나 미친 사람이었기 때문이 아니라, 어머니가 이상한 자비심, 그러니까 인도주의적인 감정을 지니고 있었고, 하느님은 사람뿐만 아니라 동물도 모기로부터 지켜 주는 행동을 흡족한 눈으로 바라보신다고 여겼기 때문이었다. 그들은 엄청나게 크고 곤란한 짐들을 사방으로 가지고 다녔다. 여행 가방들은 그들이 태어나기 이전에 죽은 사람들과 지하 40미터 아래서도 발견할 수 없을 조상들의 옷으로 가득했다. 오래전부터 사용하지 않은 상자들에는 부모님(그들은 사촌이었다)과 아주 머나먼 친척들이 가지고 있었던 주방 도구들로 가득했다. 심지어 어떤 가방은 가톨릭 성인들로 가득했는데, 그들은 가는 곳마다 그 성인상으로 가족 제단을 꾸미곤 했다. 그건 마치 말들과 암탉들과 네 명의 과히라 원주민들로 이루어진 괴상한 극단 행렬 같았다. 메메의 동료였던 원주민들은 우리 부모님 집에서 자랐고, 훈련된 서커스 동물들처럼 부모님이 가는 곳마다 따라다녔다.

메메는 슬픈 표정으로 떠올렸다. 그녀는 시간의 흐름을 개인이 잃어버리는 것으로 여기는 듯했다. 꼭 기억에 찢긴 마음으로, 시간이 흐르지 않았다면 아직도 그녀는 그 방랑 생활을 하고 있을 것임을 알았던 것 같았다. 그건 우리 부모님에게 형

벌이었겠지만 아이들에게는 모기장 안에 있는 말들처럼 보기 드문 광경을 선사하는 축제와도 같았을 것이었다.

그러고는 모든 게 거꾸로 움직이기 시작했어, 하고 그녀는 말했다. 지난 세기의 마지막 나날에 그들은 갓 생겨나기 시작한 조그만 마을 마콘도에 도착했다. 그들은 이미 망할 대로 망하고 전쟁으로 엉망진창이 되었지만, 아직도 화려했던 얼마 전의 과거에 집착하고 있는 가족이었다. 과히라 여자는 그 마을에 처음 어머니가 도착했을 때를 기억했다. 어머니는 임신한 몸으로 노새에 걸터앉아 있었고, 얼굴은 말라리아에 걸린 것처럼 푸르뎅뎅했고, 발은 퉁퉁 부어서 걸을 수가 없었다. 아마도 아버지의 영혼 속에는 원한의 씨앗이 무르익고 있었을 테지만, 그는 모든 역경과 맞서 그곳에 뿌리 내릴 준비를 하고 찾아왔던 것이다. 그러면서 아버지는 여행하는 동안 어머니의 배 속에서 자라던 아이가 태어나길 기다렸다. 그러나 출산할 시간이 임박함에 따라 아이는 점차 어머니를 죽이고 있었다.

등잔 불빛이 그녀의 옆모습을 비추었다. 얼굴은 원주민의 거칠고 강인한 표정을 띠었고, 머리카락은 말갈기 혹은 말 꼬리처럼 굵고 곧았다. 메메는 가게 뒤의 뜨겁고 조그만 방에 유령처럼 앉아 있는 초록색 신상(神像)이 오래전 지상에 존재했을 때를 떠올리듯 이야기했다. 나는 한 번도 그녀와 가까이에서 말해 본 적이 없는데, 그날 밤 갑작스럽고 자발적인 친근함을 표명한 이후 피보다도 더 진한 끈으로 묶인 느낌이었다.

메메가 잠깐 말을 멈춘 동안, 갑자기 방에서 기침 소리가 들렸다. 지금 내가 아이와 아버지와 함께 있는 바로 이 침실이었다. 짧고 메마른 기침을 하더니 목청을 가다듬었다. 그러고는 남자가 침대에서 뒤척일 때 내는 게 틀림없는 소리가 들렸다. 메메는 순간적으로 입을 다물었고, 음산하고 조용한 구름이 그녀의 얼굴을 어둡게 뒤덮었다. 나는 그를 까마득히 잊고 있었다. 그곳에 있는 동안에(대략 열 시였다) 나는 그 집에 과히라 여자와 나 단둘뿐이라고 느꼈다. 그러더니 긴장된 분위기가 바뀌었다. 나는 맛보지도 않은 젤리가 든 음식과 조그만 빵을 든 팔에 피곤을 느꼈다. 나는 앞으로 몸을 숙이면서 말했다. "깼나 봐요." 그녀는 이제 전혀 표정을 바꾸지 않은 채 차갑고 전혀 관심 없다는 투로 말했다. "새벽까지 깨어 있을 거야." 갑자기 나는 메메가 우리 집에서 보낸 과거를 회상하면서 보인 환멸감을 이해했다. 우리의 삶은 이미 바뀌었고, 좋은 시절이었으며, 마콘도는 매주 토요일 밤을 흥청망청 보낼 수 있을 만큼 돈이 넘치는 소란스러운 마을이었지만 메메는 보다 좋았던 과거에 얽매여 살고 있었다. 밖에서 사람이 황금 송아지의 털을 깎고 있는데 안에서는, 그러니까 이 뒷방에 틀어박힌 그녀의 삶은 메말라 있었다. 하루 종일 계산대를 지키고, 밤에는 새벽까지 잠들지 않는 남자와 함께 있었다. 게다가 남자는 집 안을 어슬렁거리며 왔다 갔다 하고, 내가 결코 잊을 수 없었던 개 같은 눈으로 음탕하고 탐욕스럽게 그녀를 쳐다보면서 시간을 보냈다. 나는 메메가 어느 날 밤 치료를 거부했으며 계속해서 동정도 없고 괴로움도 느끼지 못하는 무정하고 냉혹한 동물처럼 지내는 남자와 함께 있는 것을 상상하자 슬펐다. 하루 종일 쉬지 않고 집 안을 거니는 남자는 가장 멀쩡한 사람도 미치게 만들기에 충분했다.

목소리를 가다듬은 다음, 나는 그가 여기에 깨어 있으며 아마도 우리 말이 뒷방에 울릴 때마다 개 같은 추잡한 눈을 뜰 것이라는 사실을 알고 대화의 방향을 바꾸려 했다.

"가게는 어때요?" 내가 말했다.

메메는 웃었다. 슬프고 말없는 미소였다. 현재 감정의 결과가 아니라 마치 책상 서랍에 보관해 두었다가 불가피한 순간에만 꺼내는 어떤 소유 의식도 없는 미소 같았다. 그 미소를 너무 사용하지 않아서 정상적인 사용법을 잊어버린 듯했다. "그냥 그래." 그녀는 모호하게 고개를 저으며 말하고는 다시 말없이 멍한 표정을 지었다. 나는 내가 가야 할 시간이라는 것을 알았다. 나는 접시를 메메에게 건네주고는 내용물에 왜 손을 대지 않았는지 설명도 하지 않았다. 그리고 그녀가 일어나서 접시를 계산대에 올려놓는 것을 보았다. 그녀는 거기서 나를 쳐다보며 다시 말했다. "넌 엄마의 살아 있는 초상화야." 의심의 여지 없이 나는 역광을 받으며 앉아 있었고, 반대편 불빛 때문에 얼굴이 어두워져 있었다. 그래서 메메는 말하는 동안 내 얼굴을 제대로 볼 수 없었다. 등잔 뒤쪽의 계산대에 그릇을 올려놓으려고 일어나면서 나를 정면으로 쳐다보았고, 바로 그런 이유로 "넌 엄마의 살아 있는 초상화야." 하고 말했던 것이다. 그녀는 돌아와서 다시 앉았다.

그때 메메는 우리 어머니가 마콘도에 도착했던 시절을 회상하기 시작했다. 어머니는 노새에서 내려 곧장 흔들의자로 갔고, 그 자리에서 움직이지 않고 석 달을 앉아 있으면서, 마지못해 음식을 받았다. 가끔씩 점심 식사를 받았는데, 오후가 반쯤 지날 때까지 손에 접시를 든 채 다리를 의자에 올려놓고서 흔들거리지도 않은 채 그대로 있었다. 그동안 누군가가 와서 그녀의 손에서 그릇을 치울 때까지 자기와 아이 사이에 죽음이 자라고 있다고 느꼈다. 출산일이 되어 산통을 느끼자, 그녀는 자포자기 상태에서 회복했으며, 스스로 발을 딛고 일어났다. 그러나 입구에서 침실까지 스무 발짝을 걸어가는데 도움을 받아야만 했다. 아홉 달 동안 말없이 고통을 겪으며 죽음이 자기를 점령했다는 사실을 알고 몹시 괴로워했기 때문이다. 흔들의자에서 침대로 가면서, 그녀는 몇 달 전에 여행을 하면서도 느끼지 않았던 모든 통증과 괴로움과 형벌을 경험했다. 하지만 인생의 마지막 행위를 수행하기 전에 자신이 가야만 할 곳이라고 생각하던 장소에 도착했다.

메메는 우리 아버지는 어머니가 죽자 절망한 것 같았다고 말했다. 그러나 나중에, 그러니까 혼자 집에 남게 되었을 때, 아버지가 직접 말한 바에 의하면, "남자가 가까이에 합법적인 아내를 두고 있지 않으면, 누구도 그 가정의 정직성을 신뢰할 수 없는 법"이었다. 그는 어느 책에서 사랑하는 사람이 죽으면 재스민 관목을 심어 매일 밤 그 사람을 기억해야 한다는 것을 읽었고, 그래서 마당 벽에 그 덩굴나무를 심었고, 일 년 후에 새어머니인 아델라이다와 재혼했다.

때때로 나는 메메가 말하는 동안 울음을 터뜨릴 것이라고 생각했다. 하지만 그녀는 확고한 자세를 견지했고, 한때 행복을 위해 저지른 잘못을 속죄하며 자유 의지로 그런 상태를 그만두었다는 것에 만족스러워했다. 그러고는 미소를 지었고, 의자에 편하게 앉고서 완전히 과거의 인간적인 모습으로 되돌아왔다. 마치 정신적으로 고통을 청산한 것 같았다. 그때 그녀는 몸을 숙이고서 아직도 즐거운 기억 속에 좋은 것이 남아 있다는 것을 알았다. 그러자 환하면서도 약간 비웃는 표정이 서렸던 옛날처럼 다정하게 미소 지었다. 그녀는 오 년 후에 또 다른 것이 시작되었다고 말했다. 바로 우리 아버지가 점심을 먹고 있는 식당으로 와서 이렇게 말했을 때였다. "대령님, 대령님, 어떤 외지 사람이 사무실에서 대령님을 만나고 싶어 합니다."

3

거리 반대편 성당 뒤에 나무 한 포기 없는 땅이 있었다. 그것은 지난 세기 말이었다. 우리가 마콘도에 도착했고, 아직도 성당 건축이 시작되지 않았을 때였다. 그곳은 메마른 황무지로, 아이들이 방과 후에 뛰어놀던 장소였다. 그 후 성당 건축이 시작되자 공터 한쪽에 네 개의 버팀대를 박았고, 에워싸인 공간은 움막을 짓기에 아주 적당해 보였다. 그리고 실제로 움막이 만들어졌다. 사람들은 그 안에 성당의 건축 자재들을 보관했다.

성당 건축이 끝나자, 누군가가 움막의 벽을 진흙으로 덮어 버리고서 뒤쪽 벽에, 그러니까 선인장조차 뿌리내리지 못하는 돌투성이의 황무지 맞은편에 문을 하나 냈다. 일 년 후 움막은 두 사람이 살 만한 크기가 되었다. 안에서는 생석회 냄새가 났다. 그것이 그 공간 속에서 오랜만에 느낀 유일한 좋은 냄새였고, 이후에도 결코 느낄 수 없었던 유일하게 유쾌한 냄새였다. 마을 사람들이 벽을 회반죽으로 칠해 버리자, 그 집을 완성했던 손은 안쪽 문에 빗장을 걸었고, 길가에 접한 문에는 자물쇠를 채웠다.

움막은 주인이 없었다. 아무도 그 땅이나 건축 자재가 자기 것이라며 권리를 주장하려고 애쓰지 않았다. 초대 교구 신부는 도착해서 마콘도의 어느 부유한 가족의 집에 머물렀다. 그러고는 다른 교구로 발령을 받았다. 그 시절에(아마도 초대 교구 신부가 떠나기 전에) 한 여자가 젖먹이 아이를 데리고 움막을 차지했지만, 아무도 언제 도착했는지, 어떻게 문을 열었는지 알지 못했다. 한쪽 구석에 이끼 낀 검푸른 항아리 하나와 물병 하나가 못에 걸려 있었다. 그러나 벽에는 이미 회반죽이 더 이상 남아 있지 않았다. 마당에는, 다시 말해 돌 위에는 비를 맞아 단단해진 흙 더께가 앉았다. 여자는 나뭇가지로 덮개를 만들어 햇볕을 가렸다. 그러나 지붕을 만들 만한 종려 나뭇가지나 기와, 혹은 함석이 없었기 때문에 덮개 옆에 포도 넝쿨을 심었고, 알로에 한 묶음과 빵 하나를 거리에 접한 문에 걸어 놓아 나쁜 마법으로부터 자신을 지켰다.

1903년 새 교구 신부가 부임한다는 사실이 전해졌을 때, 여자는 아이와 함께 계속 그 움막에 살고 있었다. 마을 사람 중 절반이 마을 입구의 도로로 나가 신부가 도착하기를 기다렸다. 시골 악단은 감상적인 노래를 연주했는데, 그때 어느 아이가 가슴이 터질 듯이 숨을 헉헉대며 달려와 교구 신부의 노새가 마지막 굽은 길에 있다고 알려 주었다. 악사들은 악기에서 손가락 위치를 바꾸고 행진곡을 연주하기 시작했다. 환영 연설 담당자는 임시로 만든 연단에 올라가서 인사말을 시작하기 위해 교구 신부가 나타나기를 기다렸다. 그러나 잠시 후 행진곡이 멈추었고, 연사는 연단에서 내려왔고, 군중은 너무 놀라 어안이 벙벙한 채 노새를 탄 이방인을 보았다. 노새 엉덩이에 마콘도에서 한 번도 보지 못한 가장 커다란 가방이 실려 있었다. 남자는 아무에게도 눈길을 주지 않은 채 그들을 지나쳐 마을로 향했다. 교구 신부가 여행을 위해 평상복을 입었을지도 모르지만, 누구도 군대 각반을 맨 구릿빛의 그 여행자가 평상복을 입은 신부라고 생각할 수 없었다.

사실 그는 신부가 아니었다. 같은 시간에 사람들은 마을 반대편의 지름길로 이상한 신부가 오고 있는 것을 보았기 때문이다. 그는 무시무시할 정도로 말랐고, 얼굴이 길고 쌀쌀맞았으며, 노새에 걸터앉아 있었다. 검은 평상복은 무릎까지 올라왔고, 색 바래고 망가진 우산으로 햇빛을 가리고 있었다. 교구 신부는 성당 근처에서 사제관이 어디냐고 물었는데, 아무래도 아무것도 모르는 사람에게 질문을 한 것 같았다. 이런 대답을 들었기 때문이다. "성당 뒤에 있는 움막이에요, 신부님." 여자는 나와 있었지만, 아이는 안에서, 그러니까 반쯤 열린 문 뒤에서 놀고 있었다. 신부는 노새에서 내려 불룩 튀어나온 가방을 움막까지 끌고 갔다. 가방은 잠금장치 없이 반쯤 열리고, 가방 가죽과 다른 가죽띠로 묶여 있었다. 그는 움막을 자세히 살펴본 후 노새를 끌어다 마당에 있는 포도나무 넝쿨의 그늘 아래 묶었다. 그러고는 가방을 열어 우산만큼 오래되고 우산

만큼 사용했을 그물 침대를 꺼내 움막 안의 두 버팀대에 대각선으로 걸고서 장화를 벗더니, 놀라서 눈을 둥글게 뜨고 쳐다보는 아이에게는 관심을 보이지 않은 채 잠을 청했다.

여자가 돌아왔을 때 이상한 신부의 모습을 보고 당혹해했을 게 분명하다. 신부의 얼굴은 너무나 무표정해서 암소 해골과 전혀 다르지 않았다. 여자는 까치발로 방 안을 가로질렀을 것이다. 그리고 접이식 침대를 문까지 밀고 자기 옷과 아이의 넝마를 보따리에 싸고는 당황한 모습으로 움막을 나와야만 했을 것이다. 심지어 항아리와 물병에는 관심도 보이지 않았다. 한 시간 후 역 방향에서 환영 사절단이 왔고, 학교에서 날쌔게 도망친 수많은 아이들 사이에서 행진곡을 연주하던 악단이 그 뒤를 쫓아왔기 때문이다. 그들은 평상복 단추를 풀어 헤친 채 신발도 신지 않고 신부가 혼자 움막 안 그물 침대에 한가롭게 누워 있는 것을 보았다. 누군가가 마을 입구의 거리에 그 소식을 전했음이 틀림없었지만, 아무도 움막 안에서 신부가 무엇을 하고 있는지 물어볼 생각을 하지 못했다. 그들은 그가 여자와 친척일 것이라고 생각한 게 분명했다. 하지만 여자는 교구 신부가 그곳을 차지하라는 지시를 받았거나 그것이 교회 재산이라고 믿었거나, 아니면 단지 왜 임대료로 내지 않고 누구의 허락도 없이 그 움막에서 이 년 넘게 살았느냐고 물어볼 것이 두려워서 그곳을 버리고 떠난 것이다. 사절단도 그 순간뿐만 아니라 이후에도 신부에게 설명을 요구할 생각을 하지 못했다. 교구 신부는 환영 연설을 수락하지 않은 채 그곳에 있던 사람들을 바닥에 앉히고 차갑게 건성으로 남자와 여자들에게 인사하고는 말했다. "밤새 한순간도 눈을 붙이지 못했소."

사절단은 평생 한 번도 보지 못한 이상하기 짝이 없는 신부가 차갑게 굴자 뿔뿔이 흩어졌다. 그들은 신부의 얼굴이 암소 해골 같으며, 머리카락은 희끗희끗 짧고, 입술은 없이 단지 가로로 트인 곳밖에 없다는 것을 알았다. 태어날 때부터 입이 있던 자리가 아니라 나중에 단칼로 잽싸게 만들어 놓은 것처럼 보였다. 그날 오후 그가 누군가와 흡사하다는 것을 깨달았다. 그리고 다음 날 새벽이 밝아 오기 전에 모두 그가 누구인지 알고 있었다. 사람들은 마콘도가 보잘것없는 난민 마을이었을 시절에 신발과 모자만 쓰고 벌거벗은 채 새총과 돌을 들고 있던 그를 보았다는 사실을 기억했다. 참전 용사들은 1885년도 내전에서 그의 활약상을 떠올렸다. 그리고 열일곱 살 때 대령이었으며, 대담무쌍하고 고집스러운 반정부주의자였다는 사실을 기억했다. 마콘도에서는 교구 신부의 직책을 맡기 위해 돌아온 그날까지 그에 관해 아무것도 들은 바가 없었을 뿐이었다. 몇 안 되는 사람만이 어릴 적 이름을 기억했다. 반면에 대부분의 참전 용사들은 어머니가 붙여 준 이름(그는 의용군이었고 반란군이었기 때문에)이 나중에 전쟁에서 그의 동료들이 알게 된 바로 그 이름이라는 사실만 기억했다. 모두가 그를 '풋내기'라고 불렀다. 그래서 마콘도에서는 그가 죽을 때까지 계속 그 이름으로 불렸다. "풋내기, 풋내기."라고.

그렇게 이 남자는 '풋내기'가 마콘도에 도착한 바로 그날,

그리고 거의 같은 시간에 우리 집에 도착했다. 이 남자는 마을 입구를 지나가는 큰길로 왔다. 아무도 그를 기다리지 않았고, 이름이나 직업이 무엇인지 전혀 몰랐다. 반면에 교구 신부는 큰길에서 모든 마을 사람이 기다리고 있을 때 지름길로 왔다.

나는 신부의 영접이 끝난 후 집으로 돌아왔다. 평소보다 약간 늦게 우리가 식탁에 앉았을 때, 메메가 다가와서 내게 말했다. "대령님, 대령님, 어느 외지 사람이 사무실에서 대령님을 만나고자 합니다." 나는 말했다. "이리 들어오라고 하게." 그러자 메메가 말했다. "사무실에 있는데, 급히 대령님을 만나야 한답니다." 아델라이다는 이사벨에게 수프 먹이는 것을 멈추고(당시 그녀는 다섯 살 이상은 되지 않았다) 갓 도착한 사람을 맞이하러 갔다. 잠시 후 그녀는 눈에 띄게 걱정스러운 얼굴로 돌아왔다.

"사무실에서 이리저리 왔다 갔다 하고 있어요." 그녀가 말했다.

나는 촛대 뒤로 그녀가 걸어오는 것을 보았다. 아델라이다는 다시 이사벨에게 수프를 주었다. "이리로 들어오라고 했으면 좋았을 거요." 하고 나는 계속 식사를 하면서 말했다. 그러자 그녀가 말했다. "나도 그러려고 했어요. 하지만 내가 가서 안녕하세요, 하고 했을 때 그는 사무실에서 왔다 갔다 하고 있었고, 내게 아무 대답도 하지 않았어요. 창턱에 있는 춤추는 태엽 인형을 보고 있었기 때문이에요. 내가 다시 인사를 하려는 찰나, 그는 춤추는 여자 인형에게 태엽을 감아 주더니 그것을 책상에 올려놓고 어떻게 춤추는지 물끄러미 바라봤어요. 다시 그에게 인사했지만, 음악 소리 때문에 내 말을 못 들은 건지 잘 모르겠어요. 나는 책상 앞에 서 있었고, 그는 책상 위로 몸을 숙여 아직도 한참 태엽이 감긴 춤추는 인형을 보고 있었어요." 아델라이다는 이사벨에게 수프를 먹이고 있었다. 나는 말했다. "그 장난감에 관심이 많은 모양이오." 그러자 여전히 이사벨에게 수프를 주면서 그녀가 말했다. "사무실에서 서성거리다가 춤추는 인형을 보자 인형을 내렸어요. 마치 어디에 쓰이는 물건인지, 어떻게 작동하는지 미리 알고 있는 것 같았어요. 내가 처음으로 인사를 건넸을 때는 음악이 울리기 전이었는데, 그 인형에 태엽을 감아 주고 있었어요. 그러고는 책상에 놓고 쳐다봤지만, 전혀 웃지 않았어요. 춤이 아니라 기계 장치에 관심이 있는 것 같았어요."

누가 온다고 내게 알려 주는 경우는 결코 없었다. 거의 매일 손님이 찾아왔다. 내가 아는 여행자들은 말이나 노새를 마구간에 놔두고는 아무 거리낌 없이, 우리가 만나기를 학수고대하는 사람처럼 친근하게 항상 우리 식탁의 빈자리로 오곤 했다. 나는 아델라이다에게 말했다. "분명히 서신이나 그 비슷한 것을 갖고 왔을 것이오." 그러자 그녀가 말했다. "어쨌거나 행동이 이상한 사람이에요. 그는 태엽이 다 풀릴 때까지 춤추는 인형을 쳐다보았고, 그동안 나는 책상 앞에서 뭐라고 말해야 할지 모른 채 서 있었어요. 음악이 나오는 동안에는 내게 대답하지 않을 거라는 사실을 알았기 때문이에요. 그러고는 춤추는 인형이 항상 그랬듯이 태엽이 끝날 때 펄쩍 뛰었지만, 그는 계속 호기심 어린 눈으로 책상 위에 몸을 숙이고는 앉지도 않고 그걸 쳐다보았어요. 그러다가 나를 보았는데, 나는 내가 사무실에 있었지만 그가 내게 관심을 두지 않는다는 것을 알았어요. 그는 그저 인형이 얼마 동안이나 춤을 출지만 궁금해 했어요. 그때 나는 다시 인사하지 않았고, 나를 쳐다보았을 때 그에게 미소 지었어요. 그의 눈이 엄청나게 크고 눈자위는 누랬으며 단번에 내 몸 전체를 바라본다는 것을 알았기 때문이에요. 내가 미소 지었지만 그 사람은 여전히 심각한 표정이었어요. 하지만 아주 예의 바르게 고개를 숙이더니 말했어요. '대령님은요? 내가 필요로 하는 사람은 대령님입니다.' 입을 다물고 말할 수 있는 것처럼 낮고 웅얼대는 소리였어요. 마치 복화술사 같았어요."

그녀는 이사벨에게 수프를 먹이고 있었다. 나는 계속 점심을 먹었다. 단지 서신을 가져온 사람이라 생각했고, 그날 오후 오늘 종료되는 것들이 시작되고 있다는 사실을 몰랐기 때문이다.

아델라이다는 계속 이사벨에게 수프를 먹이면서 말했다. "처음에 사무실에서 왔다 갔다 하고 있었어요." 나는 그 이방인이 보기 드물게 내 아내에게 충격을 주었고, 내가 그를 어떻게 맞이하는지 아내가 특별한 관심을 보이고 있다는 것을 알았다. 그러나 나는 계속 식사를 했고, 그녀는 이사벨에게 수프를 떠먹이며 이렇게 말했다. "그러고는, 그러니까 그가 대령을 만나고 싶다고 해서, 나는 식당으로 들어오세요, 하고 말했어요. 그는 자기가 있던 곳에서 춤추는 인형을 손에 들고 몸을 폈어요. 그러고는 고개를 들더니 군인처럼 부동자세를 취하며 똑바로 섰던 것 같아요. 목이 긴 군화를 신고 있었고, 싸구려 옷에 목까지 단추를 채운 셔츠를 입었거든요. 그가 아무 대답도 하지 않고 손에 장난감을 든 채 가만히 있어서 나는 뭐라고 말해야 할지 몰랐어요. 마치 다시 태엽을 감기 위해 내가 사무실을 나가 주기를 바라는 것 같았어요. 바로 그때 나는 누군가를 떠올렸고, 그가 군인이라는 걸 깨달았어요."

나는 아델라이다에게 말했다. "그렇다면 아주 중요한 일 때문에 왔다고 생각하는 거요." 나는 촛대 위로 그녀를 쳐다보았다. 그녀는 나를 쳐다보지 않았다. 계속 이사벨에게 수프를 주고 있었다. 그녀는 말했다

"내가 사무실에 갔을 때 그는 사무실에서 이리저리 왔다 갔다 하고 있었고, 그래서 나는 얼굴을 볼 수 없었어요. 나중에, 그러니까 그가 뒤쪽에 서 있을 때는 머리를 너무 꼿꼿하게 쳐들고 눈을 너무나 움직이지 않아서, 나한테는 군인처럼 보였고, 그래서 말했지요. '당신은 대령님을 단둘이 만나고 싶죠, 그렇지 않은가요?' 그는 고개를 끄덕였어요. 나는 당신에게 와서 그가 누군가와 비슷하다고, 아니 보다 정확하게 말하면 비슷해 보이는 바로 그 사람이라고 말했어요. 어떻게 그가 여기로 왔는지는 설명할 수가 없네요."

나는 계속 점심을 먹었지만, 촛대 너머로 그녀를 바라보고 있었다. 그녀는 이사벨에게 수프 먹이기를 멈추었다. 그리고 말했다.

"나는 그가 서신을 전하러 온 게 아니라고 믿어요. 그는 흡사한 게 아니라 비슷해 보이는 바로 그 사람이라고 확신해요.

다시 말하면, 나는 그가 군인이라고 확신해요. 검은 카이저수염을 하고, 얼굴은 구릿빛이거든요. 긴 군화를 신어서 나는 그가 비슷하게 보이는 정도가 아니라 비슷하게 보이는 바로 그 사람이라고 확신해요."

그녀는 똑같은 어조로, 그러니까 단조롭지만 끈질기게 말했다. 더웠고, 아마도 그래서 나는 화가 치미는 느낌이 들기 시작했던 것 같다. 나는 말했다. "아, 그래서 누구와 비슷하다는 거요?" 그러자 그녀가 말했다. "그가 사무실에서 이리저리 왔다 갔다 할 때는 얼굴을 보지 못했지만, 나중에 봤어요." 이에 나는 그녀의 단조로운 말투와 끈질긴 말에 화가 치밀어 말했다. "알았소, 알았소, 식사가 끝나면 만나러 가겠소." 그녀는 다시 이사벨에게 수프를 떠먹여 주었다. "처음에 나는 그의 얼굴을 보지 못했어요. 사무실에서 이리저리 왔다 갔다 하고 있었기 때문이에요. 그러고서 내가 집 안으로 들어오시죠, 하고 말했을 때, 그는 손에 춤추는 태엽인형을 들고 벽에 기댄 채 가만히 있었어요. 바로 그때 나는 그가 누구와 비슷한지 떠올렸고, 당신에게 알려 주러 온 거예요. 눈이 아주 크고 조심성 없어요. 뒤로 돌아 나가려는 순간, 나는 그가 내 다리를 노골적으로 쳐다보고 있다는 걸 느꼈어요."

이내 그녀는 침묵을 지켰다. 식당에서는 숟가락이 내는 금속성의 소리가 울리고 있었다. 나는 점심 식사를 마치고 냅킨을 접어 그릇 아래에 눌러 놓았다.

그 순간 사무실에서 태엽 인형의 즐거운 음악 소리가 들려왔다.

4

우리 집 부엌에는 세공된 나무로 만든 낡은 의자가 하나 있다. 그것은 받침대가 없다. 할아버지는 아궁이 옆에 있는 부서진 의자 판에 신발을 말린다.

토비아스, 아브라암, 힐베르토와 나는 어제 이 시간에 학교에서 나와 새총을 들고 커다란 모자를 쓰고서 농장으로 갔다. 새로 산 칼도 가져갔다. 가는 도중에 부엌 한쪽 구석에 처박힌 못 쓰는 의자를 떠올렸다. 한 때 방문객을 맞이하는 데 쓰였지만, 이제는 죽은 사람이 사용한다. 그 사람은 매일 밤 모자를 쓰고 그 의자에 앉아 불 꺼진 아궁이의 재를 물끄러미 지켜본다.

토비아스와 힐베르토는 어두운 통로의 끝을 향해 걸어가고 있었다. 아침나절에 비가 내렸기 때문에 그들의 신발은 진흙투성이 풀에서 미끄러졌다. 한 아이가 휘파람을 불었고, 그

경쾌하고 맑은 휘파람 소리는 우리가 커다란 통 안에서 노래하기 시작할 때처럼 나무들이 만든 터널 속에 울려 퍼졌다. 아브라암은 나와 함께 뒤에서 가고 있었다. 그는 새총을 가지고 있었고, 언제든지 쏘기 위해 돌도 들었다. 나는 칼집에서 칼을 빼 들고 있었다.

갑자기 햇빛이 빽빽하고 딱딱한 나뭇잎 지붕 사이로 파고 들어, 한 뭉치의 빛이 마치 살아 있는 새처럼 날갯짓을 하며 떨어졌다. "봤어?" 아브라암이 말했다. 나는 앞을 보았고, 그 터널의 끝에서 힐베르토와 토비아스를 보았다. "새가 아니야." 내가 말했다. "힘껏 파고든 햇빛이야."

그들은 냇가에 도착하자 옷을 벗기 시작했고, 그들의 피부를 적시지도 못할 것 같은 석양빛 냇물에 힘껏 풍덩 소리를 내며 뛰어들었다. "오늘 오후에는 새가 한 마리도 없네." 아브라암이 말했다. "비가 오면 새가 없어." 나는 대답했다. 그러고는 나 스스로도 그 말을 믿었다. 아브라암은 웃음을 터뜨렸다. 그의 웃음은 바보스럽고 순박했으며, 흡사 개수대로 떨어지는 한 줄기의 물 같은 소리를 낸다. 그는 옷을 벗었다. "칼을 들고 물속에 들어가 모자를 물고기로 가득 채우겠어."

아브라암은 내 앞에 서서 손을 벌리고는 칼을 기다렸다. 나는 즉시 대답하지 않았다. 나는 칼을 꽉 쥐고 있었고, 손에서 깨끗하고 따스한 강철을 느꼈다. 나는 생각했다. '칼을 내주지 않을 거야.' 그리고 이렇게 말했다. "네게 칼을 주지 않을 거야. 겨우 어제서야 내가 받았고, 오늘 오후 내내 갖고 있을 거야." 아브라암은 계속 손을 내밀고 있었다. 나는 말했다.

"엎질러진 물."

아브라암은 내 말을 알아들었다. 그만이 내 말을 알아듣는다. "좋아." 하고 그는 말하고서 후텁지근하고 시큼한 공기를 가로지르며 냇가를 향해 걸었다. 그가 말했다. "옷을 벗어. 바위에서 기다릴게." 그는 이렇게 말하면서 잠수했다가 다시 거대한 은빛 물고기처럼 반짝거리며 모습을 드러냈다. 마치 물이 그의 몸에 닿자 맑고 끈끈한 액체로 바뀐 것 같았다.

나는 따스한 진흙 위에 누워 냇가에 그대로 있었다. 다시 칼을 칼집에서 꺼냈을 때, 나는 더 이상 아브라암을 바라보지 않고 곧장 건너편을 향해, 나무 우듬지를 향해, 불탄 마구간처럼 기괴하게 장엄한 하늘의 성난 석양을 향해 눈을 들었다.

"서둘러." 아브라암이 맞은편에서 말했다. 토비아스는 바위 언저리에서 휘파람을 불었다. 나는 생각했다. '오늘은 수영하지 않을래. 내일 할 거야.'

돌아올 때, 아브라암이 가시나무 뒤에 숨었다. 나는 뒤쫓아가려고 했지만, 그가 내게 말했다. "이리 오지 마. 볼일을 보는 중이야." 나는 그곳으로 가지 않고 길가의 죽은 잎사귀에 앉아 기다리면서, 하늘에서 곡선을 그리는 한 마리 제비를 보았다. 나는 말했다.

"오늘 오후에는 제비 한 마리밖에 없네."

아브라암은 즉시 대답하지 않았다. 그는 마치 내 말을 듣지 못하는 것처럼, 책을 읽고 있는 것처럼 가시나무 뒤에서 아무 말도 하지 않았다. 그의 침묵은 깊고 진했으며, 깊이 숨겨진 힘으로 가득했다. 오랜 침묵 끝에야 그는 한숨을 내쉬었다. 그러고서 말했다.

"제비들이군."

나는 다시 말했다. "오늘 오후에는 한 마리밖에 없다고." 아브라암은 계속 가시나무 뒤에 있었는데 무엇을 하는지는 전혀 알 수 없었다. 그는 말없이 뭔가에 정신을 쏟았지만, 그의 침묵은 정지된 것이 아니었다. 가만 있었지만 필사적이고 격렬했다. 잠시 후 그는 말했다.

"한 마리뿐이야? 아, 그래. 물론이지, 물론이야."

이제 나는 아무 말도 하지 않았다. 가시나무 뒤에서 움직이기 시작한 사람은 그였다. 나뭇잎 위에 앉아 나는 그가 있는 곳에서 그의 발아래의 또 다른 죽은 잎들이 부스럭거리는 소리를 느꼈다. 잠시 후 그는 다시 침묵했다. 어쩌면 이미 그곳을 떠난 사람 같았다. 그는 그러고서 깊은 숨을 내쉬고 물었다.

"뭐라고 한 거야?"

나는 다시 말했다. "오늘 오후에는 제비가 한 마리밖에 없어." 그러고서 나는 아직도 믿을 수 없이 새파란 하늘에서 원을 그리는 구부러진 날개를 보며 말했다. "높이 날고 있어."

아브라암은 즉시 대답했다.

"아, 그래, 물론이지. 아마 그래서 그럴 거야."

그는 가시나무 뒤에서 나오며 바지 단추를 채웠다. 그러고는 위를, 제비가 계속해서 원을 그리는 곳을 쳐다보았다. 그는 아직도 나를 쳐다보지 않고 말했다.

"방금 전에 제비에 관해 나한테 뭐라고 말한 거야?"

이것 때문에 우리는 지체했다. 우리가 도착했을 때는 이미 마을의 불빛들이 들어와 있었다. 나는 집으로 달려 들어갔고, 현관에서 뚱뚱하고 눈이 먼 여자들과 마주쳤다. 그들은 산헤로니모 동네의 여자 쌍둥이였는데, 화요일마다 우리 할아버지를 위해 노래하러 온다. 어머니에 의하면, 그것은 내가 태어나기 전부터 해 오는 일이다.

밤새 나는 오늘 다시 우리가 학교에서 나와 냇가로 갈 것이라고 생각했다. 하지만 힐베르토와 토비아스와 함께 가는 건 아니었다. 나는 아브라암하고만 함께 가고, 그가 은빛 물고기처럼 잠수했다가 다시 물에서 나올 때 배에서 반짝이는 빛을 보고 싶었다. 밤새 나는 그와 함께, 우리가 걸을 때 허벅지를 스치도록 가깝게 붙어서 오로지 단둘이 초록색 터널의 어둠 속으로 돌아가기를 바랐다. 그럴 때마다 나는 누군가가 나를 살짝 물어뜯어 피부에 닭살이 돋게 만드는 느낌이었다.

할아버지와 함께 다른 방으로 대화를 하러 간 남자가 곧 돌아온다면, 아마도 우리는 네 시 전에 집에 갈 수 있을 것이다. 그러면 나는 아브라암과 함께 냇가로 갈 작정이다.

그는 우리 집에 머물렀다. 현관 쪽에 있는 방, 그러니까 거리와 맞닿은 방 하나를 차지했는데, 그건 내가 그 방이 적당하다고 생각했기 때문이다. 나는 그런 성격의 남자가 마을의 조그만 호텔에서 안주할 방법을 찾을 수 없을 것임을 알았다. 그는 문 앞에 간판을 걸어 놓았고(간판은 그가 직접 연필로 쓴 이탤릭체였고, 우리 집이 회반죽으로 칠해졌던 불과 몇 년 전까지만 해도 여전히 그곳에 걸려 있었다.), 그다음 주에는 많은 손님들을 돌볼 수 있도록 새 의자들을 갖다 주어야 했다.

아우렐리아노 부엔디아 대령의 편지를 내게 건네준 다음에 사무실에서 우리의 대화는 오랫동안 이어졌고, 그래서 아델라이다는 그가 중요한 임무를 맡은 군 장교임을 의심하지 않고, 무슨 파티처럼 식탁을 차렸다. 우리는 부엔디아 대령과 그의 칠삭둥이 딸, 그리고 경망스럽고 무모한 첫째 아들에 관해 말했다. 대화가 많이 진행되지 않았을 무렵, 나는 그 남자가 군수 사령관을 잘 알고, 그의 믿음에 부합하게 그를 충분히 존경하고 있다는 사실을 깨달았다. 메메가 우리에게 와서 저녁 식사가 준비되었다고 말했을 때, 나는 아내가 갓 도착한 사람을 맞이하기 위해 몇 가지 음식을 즉석에서 만들었을 것이라고 생각했다. 그러나 화려한 식탁은 즉석 작품과는 아주 거리가 멀었다. 음식은 새 테이블보 위에, 게다가 크리스마스와 새해의 가족 만찬에만 특별히 사용하는 도자기 접시에 차려져 있었다.

아델라이다는 목까지 단추를 채운 벨벳 옷을 입고 식탁 끝에 꼿꼿하게 앉아 엄숙한 표정을 지었다. 그 옷은 결혼하기 전에, 그러니까 그녀가 도시에 살 때 가족의 사업과 관련된 중요한 약속에 나갈 때 입던 것이었다. 아델라이다는 우리보다 훨씬 세련되고 고급스러운 습관을 지니고 어느 정도 사교 경험도 있었는데, 그것은 결혼 이후부터 우리 집 풍습에 영향을 끼치기 시작했다. 아주 중요한 순간에 빛을 발하는 가족 메달을 목에 걸고, 식탁이나 가구, 식당에서 들이마시는 공기처럼 그녀의 모든 게 말쑥하고 깨끗하고 엄숙한 느낌을 자아냈다. 우리가 거실에 도착했을 때, 옷과 태도에 항상 너무나 무신경했던 그는 창피하고 그곳 분위기에 맞지 않는다고 느꼈음에 틀림없었다. 넥타이라도 맨 것처럼 목 단추를 다시 살펴보았기 때문이다. 씩씩하게 아무렇게나 걷는 걸음걸이에서도 약간의 당황스러움이 느껴졌다. 우리가 식당으로 들어선 그 순간처럼 그토록 자세하게 기억나는 것은 없다. 아델라이다가 차려 놓은 식탁에 앉기에는 나도 내가 너무 집 안에 있는 것처럼 편하게 입었다고 느꼈다.

그릇에는 소고기와 사냥해서 잡은 동물의 고기가 담겨 있었다. 사실 그 당시 우리가 일상적으로 먹던 음식과 모든 게 똑같았다. 그러나 최근에 반들반들하게 닦은 촛대 사이로 새 도자기 접시에 담긴 모습은 장관이었고, 우리가 익숙해져 있던 것과 사뭇 달랐다. 아내는 단지 한 명의 손님만 맞이할 것이라는 사실을 알았지만, 여덟 명의 좌석과 식사를 마련했다. 그녀는 첫 순간부터 군 고위 장교라고 혼동했던 남자를 기리기 위해 정성을 다해 식탁을 차렸고, 식탁 가운데 자리한 포도주 병은 그런 정성을 너무 과하게 표현하고 있었다. 나는 우리 집에서 그토록 비현실로 가득한 분위기를 한 번도 본 적이 없었다.

아델라이다의 의상은 실제로 아름다웠고, 너무나 하얀 손이 아니었다면 아주 우스꽝스러웠을 것이다. 당당하고 훌륭한 태도와 더불어 그 손이 그녀의 가식적인 면모와 단정한 면모를 적절하게 균형 잡아 주었던 것이다. 바로 그때 그는 셔츠 단추를 살펴보고 머뭇거렸다. 나는 그보다 앞서서 말했다.

"내 두 번째 아내입니다, 의사 선생님." 아델라이다의 얼굴에 구름이 끼면서 어두워졌고, 표정이 이상하고 우울해졌다. 아델라이다는 손을 내민 채 웃으며 자기가 있던 곳에서 움직이지 않았지만, 이제 더 이상 우리가 식당에 들어왔을 때의 격식 차린 딱딱한 분위기가 아니었다.

갓 도착한 사람은 군인처럼 군화를 바닥에 부딪쳐 소리를 내고는 펼쳐진 손가락 끝을 관자놀이에 갖다 댔고, 그런 다음 그녀가 있는 곳으로 걸어갔다.

"충성." 그러나 어떤 이름도 소리 내어 말하지 않았다.

그가 아델라이다와 악수하면서 어설프게 손을 흔드는 것을 보았을 때 비로소 나는 그 행동이 천하고 품위 없는 것을 깨달았다.

그는 식탁의 또 다른 끝, 그러니까 아내의 반대편에 앉았다. 새 크리스털 그릇들과 촛대 사이였다. 헝클어진 그의 모습이 식탁보에 묻은 수프 얼룩처럼 눈에 띄었다.

아델라이다는 포도주를 따라 주었다. 처음의 감동은 이미 수동적인 초조함으로 바뀌어 마치 이렇게 말하는 듯했다. '좋아요, 모든 게 내가 예측한 대로 될 거예요. 하지만 당신은 내게 설명해 주어야 해요.' 그녀는 포도주를 따르고는 식탁 반대편 끝의 자기 자리에 앉았다. 그사이 메메는 음식을 내놓았다. 그때 그가 의자에 앉아 몸을 뒤로 젖히고 양손을 식탁보에 놓고는 웃으면서 말했다.

"아가씨, 약간의 풀을 끓여서 수프처럼 만들어 갖다 줘요."

메메는 움직이지 않았다. 웃으려고 했지만, 그러지 못하고서 아델라이다를 향해 고개를 돌렸다. 그녀 역시 웃음은 지었으나 눈에 띄게 당황한 표정을 지으면서 물었다. "어떤 풀을 원하시는 거예요, 의사 선생님?" 그러자 그는 코맹맹이 소리를 내며 되새김 동물처럼 웅얼대듯이 짧게 대답했다.

"일반 풀입니다, 부인. 당나귀들이 먹는 그런 풀입니다."

5

낮잠 시간까지도 완전히 지쳐 버리는 순간이 있다. 심지어 바로 그 순간에는 벌레들의 은밀하고 비밀스럽고 사소한 행동마저 멈춰 버린다. 자연의 흐름도 멈추고, 창조는 혼돈의 언저리에서 비틀거리며, 여자들은 더위와 원한에 숨 막힌 채 베개에 수놓은 꽃무늬를 뺨에 새기고 침을 흘리면서 일어나 생각한다. '아직 마콘도는 수요일이야.' 그러고는 다시 구석에 쭈그리고서 꿈과 현실을 이어 맞추고, 마치 마을의 모든 여자들이 함께 만든 거대한 침대 시트처럼 귀엣말을 짜는데 동의한다.

안의 시간이 밖의 시간과 동일하게 흘러간다면 이제 우리는 거리 한가운데서 관을 들고 쨍쨍히 내리쬐는 햇빛을 받게 될 것이다. 밖은 아마도 더 늦은 시간일 것이다. 아마 밤일지도 모른다. 그렇다면 달이 뜬 9월의 괴로운 밤일 테고, 여자들은 마당에 앉아 초록색 불빛 아래서 대화를 나누고 있을 것이다. 거리에는 마을의 뜻을 저버린 우리 세 사람이 이 목마른 9월의 뜨거운 햇빛을 받고 있을 것이다. 아무도 이 의식을 방해하지는 못할 것이다. 나는 읍장이 장례식에 반대한다는 결정을 굽히지 않고, 그래서 우리가 집으로 돌아갈 수 있기를 바랐다. 아이는 학교에 가고, 아버지는 나막신을 신고 세면대 위로 머리에서 시원한 물을 뚝뚝 떨어뜨리고는 왼쪽에 있는 그의 물주전자에서 차가운 레모네이드를 마시기를 바랐다. 이제는 다르다. 나는 처음에 읍장의 결정이 절대 돌이킬 수 없는 것이라고 생각했지만, 아버지는 다시 한 번 충분하게 설득력을 발휘해 읍장의 결심을 꺾고 자기 관점을 요구했다. 밖의 마을은 끓어오르며, 오로지 길고 획일적이고 무자비한 재잘거림에 전념하고 있다. 거리는 깨끗하다. 마지막 바람이 마지막 황소의 흔적마저 쓸고 간 이후 깨끗하고 더럽혀지지 않은 먼지 속에는 그림자 하나 없다. 여기는 아무도 없는 마을이다. 집들은 굳게 닫히고, 그 집들의 방에서는 나쁜 마음을 먹고 말한 단어들이 따분하게 끓어오르는 소리밖에는 들리지 않는다. 방에서 아이는 똑바로 앉아서 앉은 자세로 자기 신발을 쳐다본다. 그러고서 한쪽 눈으로는 등잔을 보고 다른 한쪽으로는 신문을 바라보더니, 또다시 한쪽 눈으로 신발을 쳐다본다. 그리고 마침내 두 눈으로 목매달아 죽은 사람을 본다. 그가 스스로 깨문 혀와 이제는 추잡하고 탐욕스럽지 않은 개같이 흐리멍덩한 눈을 본다. 아무런 탐욕도 없는 죽은 개의 눈이다. 아이는 그를 쳐다보면서 널빤지 아래에 누운 목매단 사람을 생각한다. 아이는 슬픈 표정을 짓고, 그러더니 모든 게 바뀐다. 의자가 이발소 문으로 나가고, 그 뒤를 따라 거울 달린 조그만 함과 파우더, 무알코올 향수가 나간다. 아이의 손은 주근깨가 많은 커다란 손이 된다. 더 이상 아이의 손이 아니다. 그것은 크고 능숙한 손이 되고, 그 손은 일부러 차분하고 차갑게 칼날을 갈기 시작하고, 그동안 귀에서는 칼날이 갈리는 금속성의 마찰음이 들린다. 머리는 생각한다. '오늘은 더 일찍 올 거야. 마콘도는 수요일이니까.' 그러자 그들이 도착하고, 기둥 아래의 시원하고 그늘진 곳에 있는 의자에 앉는다. 사나운 표정을 짓고, 눈을 가늘게 뜨고, 다리를 꼬고, 깍지 낀 손을 무릎에 올려놓고, 담배꽁초를 문다. 그들은 쳐다보고 똑같은 것에 관해 말하고, 맞은편에 있는 닫힌 창문을 본다. 그곳은 레베카 부인의 집이고 그녀가 안에 있지만 집은 조용하다. 그녀 역시 무언가를 잊었다. 선풍기의 전원을 빼는 것을 잊고 철망 친 창문이 달린 방들을 초조하고 흥분된 마음으로 오가면서 메마르고 고통스러운 과부 생활의 쓰레기들을 휘젓고, 그렇게 자기가 매장될 시간이 될 때까지는 죽지 않을 것이라고 촉감을 통해 확신한다. 그녀는 방문을 여닫으면서, 괘종시계가 낮잠에서 깨어나 세 시를 알리는 종소리로 그녀의 감각을 즐겁게 해 주기를 기다린다. 그사이 아이는 내다보기를 그만두고, 다시 똑바르고 꼿꼿한 자세로 돌아간다. 한 여자가 재봉틀로 마지막 한 코를 뜨면서 컬 클립이 가득한 머리를 드는 데 필요한 시간의 반도 되지 않는 동안에 이 모든 게 일어난다. 아이가 다시 똑바로 앉아 생각에 잠기기 전에 여자는 현관 구석으로 재봉틀을 옮겼고, 남자들은 두 번이나 담배를 물었다. 그러면서 그들은 소가죽 띠로 면도칼이 한 번 왔다 갔다 하는 것을 지켜본다. 절름발이인 아게다는 죽은 무릎을 깨우기 위해 최후의 노력을 기울인다. 레바카 부인은 자물쇠를 다시 잠그고 생각한다. '마콘도의 수요일. 악마를 묻기 좋은 날이지.' 그때 아이가 다시 움직이고 시간 속에서 새로운 변화가 일어난다. 무언가가 움직일 때면 시간이 흘렀다는 것을 알 수 있는 법이다. 그런 일이 일어나기 전에는 알지 못한다. 무언가가 움직이기 전까지 시간은 영원하다. 땀, 피부 위에서 침 흘리는 셔츠, 혀를 깨물고 죽어 매수할 수 없는 차가운 시체가 그렇다. 그래서 목매달아 죽은 사람에게 시간은 흐르지 않는다. 비록 아이의 손이 움직여도 그는 그걸 알지 못하기 때문이다. 죽은 자가 그걸 눈치 채지 못하는 동안(아이는 계속해서 손을 움직이고 있기 때문이다.) 아게다는 로사리오 기도 한 단을 마쳤을 것이다. 접이식 의자에 몸을 기댄 레베카 부인은 시계 분침이 시계 판 다음 숫자의 언저리에 고정된 것을 보면서 당황해하고, 아게다는 (비록 레베카 부인의 시계에서는 일 초도 흐르지 않았겠지만) 로사리오 기도의 또 다른 한 단을 마치고 이렇게 생각할 시간이 있었을 것이다. '앙헬 신부님이 계신 곳까지 갈 수만 있다면 이걸 할 거야.' 그러고서 아이의 손은 내려오고, 면도칼은 가죽 띠에서 계속 움직이고, 문가의 선선한 곳에 앉은 일꾼 중 하나는 말한다. "세 시 반은 되었을 겁니다, 그렇죠?" 그때 손이 멈춘다. 또다시 시계는 다음 분 언저리에 죽어 있고, 또다시 면도칼은 강철과 가죽 띠가 맞닿은 곳에 멈춰 있다. 아게다는 손이 움직이기를 기다리면서 아직도 다리를 뻗고 무릎이 움직인다며 팔을 벌린 채 성구 보관실로 뛰어 들어가 "신부님, 신부님." 하고 싶어 한다. 그러면 움직이지 않던 아기 예수 아래서 엎드려 자던 앙헬 신부는 혀로 입술을 핥아 미트볼의 악몽이 선사하는 끈끈한 맛을 느끼면서, 아게다를 보고 이렇게 말할 것이다. "의심할 여지 없이 이것은 기적임에 틀림없다." 그리고 다시 나른한 낮잠 속으로 빠져들어 몸을 뒤척이며 땀 흘리고 침 흘리는 몽롱한 상태에서 말할 것이다. "아게다, 어쨌든 지금은 연옥의 영혼들에게 미사를 집전할 시간이 아니야." 그렇지만 새로운 움직임은 실패한다. 아버지가 방으로 들어오고 두 개의 시간은 화해한다. 각각의 반이 조정되고 결합하고, 레베카 부인의 시계는 아이가 가만히 있고 과부가 불안해하고 초조해하는 바람에 혼란스러운 상태였다는 것을 깨닫고는 당황하며 하품을 하고, 그 순간의 멋진 정적 속으로 잠수했다가 흐느적거리는 시간, 그러니까 정확하고 수정된 시간에서 물을 뚝뚝 흘리며 나오고, 앞으로 몸을 숙이며 예의 바르고 점잖게 말한다. "정확하게 두 시 사십칠 분입니다." 그러자 자기도 모르게 정지된 순간을 깨뜨린 아버지는 말한다. "넋을 놓고 있구나, 이사벨." 나는 말한다. "무슨 일이 일어날 거라고 믿으세요?" 땀에 흠뻑 젖은 그는 웃는다. "적어도 나는 많은 집에서 쌀을 태우고 우유를 뿌릴 거라고 확신해."

이제 관은 닫혔지만, 나는 죽은 사람의 얼굴을 기억한다. 너무나 정확히 기억하기에 벽을 쳐다보면 그의 뜬 눈과 축축한

흙처럼 축 처진 희끄무레한 뺨, 입 한쪽으로 물린 혀가 보인다. 이것은 내게 몹시 불안한 느낌을 갖게 만든다. 아마도 바지가 전에 없이 다리 한쪽을 계속해서 꽉 죄어 오는 것 같아서일 것이다.

할아버지는 엄마 옆에 앉았다. 옆방에서 돌아오자 의자를 가져왔고, 이제는 여기 엄마 옆에 아무 말도 없이 턱을 지팡이에 괴고 절룩거리는 다리를 앞으로 쭉 뻗고 앉아 계신다. 할아버지는 기다린다. 할아버지처럼 엄마도 기다린다. 침대에서 담배를 피운 사람들은 이제 조용히 정렬해 있지만 관을 쳐다보지는 않는다. 그들 역시 기다리고 있다.

그들이 내 눈을 가려도, 내 손을 잡고 마을을 스무 바퀴 돌고 나를 다시 이 방으로 데려와도 나는 냄새로 이 방인지 아닌지 구별할 수 있을 것이다. 이 방이 풍기는 쓰레기 냄새, 수북이 쌓인 가방 냄새는 결코 잊지 못할 것이다. 그렇지만 내가 본 가방은 한 개뿐이었다. 그 가방은 아브라암과 내가 숨고도 토비아스가 충분히 들어갈 정도였다. 나는 냄새로 방을 알아본다.

지난해 아다는 나를 자기 무릎에 앉혔다. 나는 눈을 감았지만, 실눈을 뜨고 그녀를 쳐다보았다. 어두워 보였다. 여자가 아니라 나를 쳐다보고 흔들어 주고 양처럼 재잘거리는 얼굴 같았다. 나는 그녀의 체취를 느끼자 정말로 잠들어 버렸다.

집에는 내가 알아보지 못할 냄새가 없다. 현관에 나 혼자 놔둘 때면 나는 눈을 감고서 팔을 뻗고 걷는다. 그리고 생각한다. '장뇌를 넣은 럼주 냄새가 느껴지면 나는 할아버지 방에 있는 거야.' 나는 눈을 감고 팔을 뻗은 채 계속 걷는다. 그러면서 생각한다. '이제 어머니 방을 지나왔어. 새 트럼프 카드 냄새가 나거든. 그러고는 콜타르와 나프탈렌 냄새가 날 거야.' 나는 계속 걸어가고 새 트럼프 카드 냄새를 맡고, 그 순간 어머니가 방에서 노래하는 소리를 듣는다. 그리고 콜타르와 나프탈렌 냄새를 느낀다. 나는 생각한다. '이제는 나프탈렌 냄새가 계속 날 거야. 그러면 냄새 나는 곳에서 왼쪽으로 돌고 흰 속옷과 닫힌 창문 냄새를 느끼게 될 거야. 거기서 멈출 거야.' 그런 다음 세 발짝을 걷자 새로운 냄새를 느끼고 나는 눈을 감고 팔을 뻗은 채 가만히 있다. 아다의 목소리가 들린다. 그녀는 소리친다. "얘야. 이제는 눈을 감고도 걷는구나."

그날 밤 나는 잠들 무렵 집 안의 어떤 방에서도 존재하지 않는 냄새를 느꼈다. 재스민 관목이 흔들리기 시작한 것처럼 강하고 따스한 냄새였다. 나는 눈을 뜨고 진하고 무거운 공기를 맡아 보았다. 나는 말했다. "냄새가 느껴져?" 아다는 나를 쳐다보고 있었지만, 내 말에 눈을 감고 다른 쪽을 바라보았다. 나는 다시 말했다. "냄새가 느껴져? 어디엔가 재스민이 있는 것 같아." 그러자 그녀가 말했다.

"그건 구 년 전에 벽을 타고 자라던 재스민 냄새야."

나는 그녀의 무릎에 앉았다. 나는 말했다. "하지만 지금은 재스민이 없어." 그러자 그녀가 대답했다. "이제는 없어. 하지만 구 년 전에, 그러니까 네가 태어났을 때는 정원 벽에 재스민 관목이 있었어. 밤에는 더웠고, 지금 같은 냄새가 났어." 나는 그녀의 어깨에 기댔다. 그리고 그녀가 말하는 동안 입을 쳐다보았다. 나는 말했다. "그건 내가 태어나기 전이야." 그녀가 대답했다. "그 당시 비가 엄청나게 내렸고, 그래서 정원을 청소하고 정리해야만 했어."

따스하고 손에 잡힐 듯한 냄새는 계속 그곳에 머무르면서 밤의 다른 냄새들을 휘저었다. 나는 아다에게 말했다. "그걸 말해 주면 좋을 것 같아." 그러자 그녀는 잠시 침묵을 지키더니, 달빛이 비추던 하얀 벽을 쳐다보고 말했다.

"네가 크면, 재스민은 '나가는' 꽃이라는 걸 알게 될 거야."

무슨 말인지 이해하지 못했지만, 나는 마치 누가 건드린 것처럼 이상한 오싹함을 느꼈다. 나는 말했다. "알았어." 그러자 그녀가 말했다. "재스민에게는 사람과 똑같은 일이 일어나. 죽은 다음에 밤거리를 헤매거든."

나는 그녀의 어깨에 기대고서 아무 말도 하지 않았다. 나는 다른 생각을 하고 있었다. 부엌에 있는 의자를, 비가 오면 할아버지가 신발을 말리는 부서진 의자 판을 생각하고 있었다. 나는 그때부터 부엌에는 죽은 사람이 있고, 그 사람은 매일 밤 모자를 벗지 않고서 그 의자에 앉아 불 꺼진 화덕의 재를 물끄러미 쳐다본다는 것을 알았다. 잠시 후 나는 말했다. "그건 부엌에 앉아 있는 죽은 사람 같을 거야." 아다는 눈을 뜨고서 나를 쳐다보며 말했다. "어떤 죽은 사람?" 나는 대답했다. "할아버지가 신발을 말리는 의자에 매일 밤 앉아 있는 사람." 그러자 그녀가 말했다. "거기에는 어떤 죽은 사람도 없어. 의자는 화덕 옆에 있어. 이제는 신발을 말리는 것 말고는 아무짝에도 쓸모없거든."

이건 작년 일이었다. 지금은 다르다. 지금 나는 시체를 보았고, 눈을 감는 것만으로 내 눈의 어둠 속에서 관 안에 있는 그를 계속 바라볼 수 있다. 나는 어머니에게 말할 것이다. 하지만 어머니는 할아버지와 이야기하기 시작했다. 어머니는 말한다. "무슨 일이 일어날 거라고 믿으세요?" 할아버지는 지팡이에서 턱을 들며 머리를 흔든다. "적어도 나는 많은 집에서 쌀을 태우고 우유를 뿌릴 거라고 믿는다."

6

처음에 그는 일곱 시까지 잤다. 그는 목까지 단추를 채운 칼라 없는 셔츠를 입고, 구겨지고 더러운 소매를 팔꿈치까지 말아 올리고, 지저분한 바지를 가슴팍까지 추어올리고, 허리띠는 고리보다 훨씬 아래쪽에 밖으로 맨 채 부엌에 모습을 드러냈다. 바지를 지탱해 줄 확실한 몸이 없어서 바지는 금방이라도 미끄러져 떨어질 것 같은 인상을 풍겼다. 여기에 있으면서 더 야윈 것은 아니었지만, 그의 얼굴에는 이제 더 이상 첫 해에 보여 주던 건방지고 군인 같은 모습이 아니라, 얼마 후 자기 삶이 어떻게 될지 모르고 그걸 확인해 보고자 하는 최소한의 관심도 없는 냉담하고 피곤한 표정뿐이었다. 그는 일곱 시 넘은 시간에 블랙커피를 마신 다음 방으로 돌아갔고, 돌아가는 길에 아무런 느낌도 담기지 않은 아침 인사를 건넸다.

그는 우리 집에서 사 년째 살고 있었다. 통명스러운 성격과

지저분한 생활 방식 때문에 존경심보다는 두려움과 더 흡사한 분위기를 만들었지만, 그는 마콘도에서 진지하고 실력 있는 전문가로 인정받았다.

그는 마을의 유일한 의사였다. 그런데 바나나 회사가 도착하고 철도 부설 작업이 이루어졌다. 방 안에 의자가 남아돌기 시작했다. 그가 마콘도에 체류한 처음 사 년 동안 그를 찾아왔던 사람들은 바나나 회사가 노동자들을 위해 진료소를 설치하자 그곳으로 발길을 돌렸다. 아마도 썩은 잎들이 계획한 새로운 방향을 보았을 테지만 아무 말도 하지 않았다. 그는 거리와 맞닿은 문을 계속 열어 놓고서 하루 종일 가죽 의자에 앉아 있었다. 그렇게 한 명의 환자도 찾아오지 않은 채 수많은 날이 흘렀다. 그는 문에 자물쇠를 채웠고, 그물 침대 하나를 구입해 방 안에 틀어박혔다.

그 당시 메메는 아침 식사로 바나나 튀김과 오렌지를 그에게 가져다주는 습관이 생기게 되었다. 그는 과일을 먹고 껍데기를 방구석에 버렸다. 과히라 원주민 여자는 매주 토요일 방을 청소할 때마다 거기서 껍질을 치웠다. 그러나 그의 행동으로 보아 토요일에 청소를 하지 않아 방이 똥 무더기가 되더라도 그가 별로 관심을 두지 않았으리라는 사실을 누구라도 알 수 있었을 것이다.

이제 그는 절대적으로 아무것도 하지 않았다. 그물 침대에서 흔들거리며 시간을 보냈다. 살며시 열린 문 사이로 어둠 속에 있는 모습이 언뜻 보이곤 했다. 그의 인정미 없고 무표정한 얼굴, 헝클어진 머리카락, 누렇고 냉정한 눈에서 느껴지는 병적인 기운으로 말미암아 그는 주변 상황 때문에 패배감을 느끼기 시작한 사람의 면모를 유감없이 보여 주었다.

우리 집에 머물던 처음 몇 년 동안, 아델라이다는 그를 집에 머물게 하자는 내 결정에 겉으로는 아무 관심도 없어 보였다. 아니 그런 결정에 순응하거나, 아니면 정말로 동의하는 것처럼 보였다. 하지만 그가 진료실을 닫고 그저 식사 시간에만 방을 나와 평소처럼 말없이 고통스러운 표정으로 냉담하게 식탁에 앉게 되자, 아내는 인내심의 둑을 터뜨려 버렸다. 그녀는 내게 말했다. "그를 계속 부양하는 건 이단적인 행위예요. 악마를 먹여 살리는 것과 마찬가지예요." 나는 동정심과 존경심과 슬픔(내가 지금 그런 감정을 바꾸려 한다고 해도, 그런 감정에는 수많은 슬픔이 스며 있었다.)이 뒤섞인 복잡한 감정 때문에 평소처럼 그의 편을 들면서 주장했다. "참아야 하오. 그는 이 세상에 누구에게도 기댈 수 없는 사람이오. 그를 이해해 줄 사람이 필요하오."

얼마 후 철도가 운영되기 시작했다. 마콘도는 새로운 얼굴과 영화관, 수많은 유흥업소로 가득한 번창하는 마을이었다. 그때는 모든 사람들에게 일거리가 있었는데 그 사람만은 예외였다. 그는 무뚝뚝하게 방에 틀어박혀 살았다. 그러던 어느 날 아침 갑자기 식사 시간에 모습을 드러내더니 자발적으로 입을 열었고, 심지어 마을의 멋진 미래에 관해 열변을 토했다. 그날 아침 나는 처음으로 그 단어를 들었다. 그는 이렇게 말했다. "우리가 '썩은 잎'에 익숙해지면, 이 모든 부귀영화는 물거품이 될 것이오."

몇 달 후 그가 해 지기 전에 자주 거리로 나가는 모습을 볼 수 있었다. 그는 낮이 끝나기 이전의 마지막 몇 시간 동안 이발소에 앉았고, 문 앞에서, 그러니까 이동식 경대 옆에서, 그리고 이발사가 손님들이 해 질 녘의 시원한 공기를 즐기도록 거리에 내놓던 높은 걸상 옆에서 이루어지는 대화에 참여했다.

회사 의사들은 그의 생활 수단을 빼앗는 데 만족하지 않았다. 1907년, 즉 그를 기억하는 환자가 한 명도 없고 그 자신도 환자를 더 이상 기다리지 않던 시기에, 바나나 회사의 어느 의사는 읍사무소에 마을의 모든 전문인들로 하여금 그들의 학위를 등록하게 하라고 요구했다. 그는 그들의 진의가 자신을 언급하는 것임을 느끼지 못했던 듯하다. 어느 월요일에 광장의 네 모퉁이에 포고문이 붙었다. 그에게 그 요구사항을 따르는 게 좋겠다고 말한 사람은 나였다. 그러나 그는 아무 관심도 보이지 않고 조용히 대답했다. "난 아닙니다, 대령님. 나는 다시 그런 일을 하지 않을 겁니다." 나는 그가 정말로 규정에 의거한 정식 자격증을 가졌는지 알 수 없었다. 심지어 사람들이 추측하듯이 프랑스 사람인지, 그에게 있는 게 분명하지만 한마디도 하지 않은 가족에 대한 기억을 간직하고 있는지조차 알지 못했다. 몇 주 후에 읍장과 비서가 우리 집을 찾아와 그에게 자격증을 제시하고 등록할 것을 요구했지만, 그는 방에서 나오기를 단호하게 거부했다. 그날, 그러니까 같은 집에서 살고 같은 식탁에서 식사를 한 지 오 년이 지나서야 나는 우리가 그의 이름조차 모른다는 사실을 깨달았다.

당시 나는 열일곱 살이었다. 하지만 구태여 열일곱 살이 아니더라도, 교회에서 잔뜩 멋을 부린 메메를 보고, 나중에 내가 가게에서 그녀와 이야기를 나눈 이후, 우리 집의 거리와 맞닿은 방이 닫혔다는 것을 알 수 있었다. 나중에 나는 새어머니가 자물쇠를 채웠고, 그 안에 남은 것들에 손대기를 거부했다는 사실을 알게 되었다. 의사가 그물 침대를 사기 전까지 사용했던 침대, 의약품이 있던 조그만 탁자는 그대로 있었다. 그 탁자에서 그는 길모퉁이로 의약품을 가져가지 않았고, 단지 전성기 때 모아 놓은 돈(그가 집에서 한 푼도 쓰지 않았고, 메메가 가게를 열 정도였다는 사실로 보아 아주 많았음에 분명했다.)만 가져갔다. 그리고 쓰레기 더미와 그의 모국어로 된 낡은 신문들 사이로 세면대와 아무짝에도 쓸모없는 옷가지들이 널려 있었다. 마치 모든 게 새어머니가 사악한 조건, 즉 완전히 악마적인 상태라고 여기는 것에 오염된 것처럼 보였다.

나는 10월인가 11월에 방이 잠긴 사실을 알았음에 분명하다. 메메와 그가 집을 떠난 지 삼 년 후였다. 다음 해 초 내가 마르틴과 그 방에 살림을 차리겠다는 꿈을 꾸기 시작했기 때문이다. 결혼하면 그 방에서 살고 싶었다. 나는 방 주변을 기웃거렸고, 새어머니와 대화하면서 심지어 이제는 자물쇠를 열고 집 안에서 가장 개인적이고 가장 쾌적한 장소중 하나에 내린 단호한 차단 방침을 철회할 시간이 되었다고 제안하기에 이르렀다. 그러나 우리가 내 신부 복을 만들기 시작할 때까지 누구도 의사에 대해 직접적으로 언급하지 않았고, 그 방에 대해서는 더욱 말하지 않았다. 그 방은 계속 의사의 일부분으로 남았고, 우리 집에 그를 기억하는 사람이 사는 한 우리와 관계를 끊으려야 끊을 수 없는 의사의 파편이었다.

나는 그해가 가기 전에 결혼하려고 했다. 어린 시절과 사춘기의 내 삶이 전개되었던 상황 때문인지는 잘 모르겠지만, 그 당시 나는 사건과 사물에 대해 정확하게 인식하지 못했다. 분명한 것은 결혼식 준비가 진행되던 몇 달 동안에도 수많은 것들에 얽힌 비밀을 몰랐다는 사실이다. 그와 결혼하기 일 년 전에 나는 비현실적이고 모호한 분위기를 통해 마르틴을 떠올리고 있었다. 아마도 그런 이유로 그 조그만 방에서 그와 함께 있으려고 했던 것 같다. 그렇게 그가 현실 속의 구체적인 사람이지 꿈속에서 알게 된 애인이 아니라고 자신을 설득하고자 했던 듯하다. 그러나 나는 내 미래의 계획에 대해 새어머니에게 강하게 말할 자신이 없었다. 아마도 이렇게 말하는 게 자연스러웠을 것이다. "내가 자물쇠를 치우겠어요. 테이블을 창가로 옮기고 침대를 안쪽 벽에 붙여 놓겠어요. 창턱에 카네이션 화분을 놓고, 상인방에는 알로에 가지를 놓겠어요." 하지만 내 소심함과 결정력 부족뿐만 아니라 내 약혼자의 가물가물한 모습도 내가 그런 말을 못하는 데 한몫했다. 나는 잡을 수 없는 모호한 모습으로 그를 떠올렸다. 유일하게 구체적인 요소들은 반짝이는 콧수염, 왼쪽으로 약간 기운 머리, 네 개의 단추가 달린 영원한 재킷뿐인 것 같았다.

그는 7월 말에 우리 집에 있었다. 우리와 함께 하루를 보냈고, 아버지와 함께 사무실에서 대화하며 한 가지 알 수 없는 사업에 대해 이런저런 이야기를 나누었지만, 나는 그것이 무엇인지 결코 알 수 없었다. 오후에 마르틴과 나는 새어머니와 함께 농장으로 갔다. 그런데 엷은 자줏빛 석양을 받으며 돌아오는 그의 모습을 보자, 그러니까 나와 아주 가까이에서, 내 어깨 옆에서 걷는 것을 보자, 그는 더 추상적이고 비현실적으로 보였다. 나는 결코 그를 인간으로 상상하거나 그의 내부에서 견고한 현실을 발견할 수 없으리라는 것을 알고 있었다. 내가 그를 기억하면서 용기를 내어 "마르틴에게 그 방에 정리해 줄 거예요."라는 말을 하는 순간에 기운을 북돋아 줄 필수 불가결한 요인이 바로 그런 견고함이었다.

내가 그와 결혼한다는 생각조차 결혼 일 년 전에는 믿을 수 없는 일이었다. 나는 팔로케마도 마을의 어린이 장례식에서 그를 처음으로 만났다. 우리 여자아이들 여러 명은 노래를 부르고 박수를 치면서 우리에게 허용된 유일한 오락거리를 실컷 즐기고 있었다. 마콘도에는 영화관이 있었고, 마을 사람들이 공동으로 사용하는 축음기도 있었으며, 다른 오락 장소들도 있었지만, 아버지와 새어머니는 내 또래의 여자아이들이 그런 것을 즐기는 데 반대했다. "그건 썩은 잎들이나 즐기는 오락거리야."

2월의 정오 무렵은 더웠다. 새어머니와 나는 현관에 앉아 하얀 천에 박음질을 했고, 그동안 아버지는 낮잠을 잤다. 우리는 아버지가 나막신을 끌면서 세면대로 가 머리를 찬물에 적실 때까지 바느질을 했다. 그러나 밤이 되면 2월은 선선하고 깊었으며, 온 마을에 아이들의 장례식에서 노래하는 여자들의 목소리가 들렸다.

우리가 팔로케마도 아이의 장례식에 갔던 밤에 아마도 레메디오스 오로스코의 목소리를 어느 때보다도 더 잘 들었던 것 같다. 그녀는 말랐고 얼뜨기였으며 빗자루처럼 빳빳했지만 누구보다 노래를 잘 불렀다. 첫 번째 쉬는 시간에 헤노베바 가르시아가 말했다. "밖에 못 보던 사람이 앉아 있어." 나는 레메디오스 오로스코를 제외한 우리 모두가 노래를 멈추었다고 생각한다. "맙소사, 재킷을 입었어."헤노베바 가르시아는 말했다. "밤새 말하고 있는데, 다른 사람들은 입도 뻥긋하지 못하고 듣고 있어. 단추가 네 개인 재킷을 입고 다리를 꼬고, 각반을 차고 끈 달린 군화를 신었어." 우리가 박수를 치면서 "그 사람과 결혼하자."라고 말했을 때에도 레메디오스 오로스코는 노래를 멈추지 않았다.

그런 다음 집에 가서 그를 떠올렸을 때 나는 그 말과 현실 사이에 어떤 것도 일치하지 않는다는 것을 알았다. 나는 마치 실제로 존재하지 않는 아이가 죽은 집에서 손바닥을 치며 노래하는 상상 속 여자들이 말한 것처럼 기억했다. 다른 여자들은 옆에서 담배를 피웠다. 그들은 심각한 표정으로 눈을 떼지 않은 채 독수리처럼 긴 목을 우리를 향해 빼고 있었다. 그 뒤로 머리까지 검은 숄을 두른 다른 여자는 시원한 현관 계단에 등을 대고서 커피가 끓기를 기다렸다. 갑자기 남자 목소리가 우리의 목소리에 합류했다. 처음에는 당황스럽고 좀처럼 방향을 잡지 못했다. 잠시 후 남자의 목소리는 성당에서 노래를 부르는 것처럼 떨리는 금속성의 소리를 냈다. 헤노베바 가르시아는 내 옆구리를 팔꿈치로 슬쩍 찔렀다. 나는 눈을 들었고,

처음으로 그를 보았다. 젊고 말쑥했으며, 빳빳하게 풀 먹인 깃의 셔츠를 입고 네 개의 단추를 모두 채운 재킷을 입고 있었다. 그는 나를 쳐다보고 있었다.

나는 12월에 그가 돌아온다는 말을 들었고, 어떤 장소도 닫혀 있던 그 방보다 그에게 적당한 곳은 없다고 생각했다. 하지만 그 당시는 아직 그런 생각을 하지 못할 때였다. 마음속으로 되뇌었다. '나는 마르틴, 마르틴, 마르틴'이라고 꼼꼼히 살피고 음미하고 한 글자씩 해체한 이름은 내게서 모든 의미를 상실하고 있었다.

우리가 장례식에서 나왔을 때 그는 내 앞에 빈 커피 잔을 갖다 놓았다. 그는 말했다. "커피 잔에서 당신의 운명을 읽었어." 나는 다른 여자아이들과 함께 문으로 가고 있었다. 나는 깊고 확신에 차 있으며 점잖은 그의 목소리를 들었다. "별 일곱 개를 세면 내 꿈을 꿀 거야." 문 옆으로 지나가면서 우리는 조그만 관에 든 팔로케마도의 어린아이를 보았다. 얼굴은 쌀가루로 뒤덮이고, 입에는 장미를 물었으며, 눈은 이쑤시개로 크게 벌어져 있었다. 2월은 우리에게 죽음의 따뜻한 바람을 내뿜었고, 방 안에는 재스민과 더위로 구워진 바이올렛의 숨 냄새가 떠돌았다. 그러나 죽은 사람의 침묵 속에서 다른 목소리가 끊임없이 들렸다. 유일하게 들리던 소리였다. "잘 기억해. 단지 일곱 개의 별만 세어야 해."

7월에 그는 우리 집에 있었다. 그는 난간의 화분에 기대는 걸 좋아했다. 그는 말했다. "내가 당신 눈을 한 번도 쳐다본 적이 없다는 걸 기억하도록 해. 이건 사랑에 빠질지도 몰라 두려워하기 시작하는 남자의 비밀이야." 그건 사실이었다. 나는 그의 눈을 기억하지 못했다. 나는 그와 12월에 결혼할 예정이었지만, 7월만 해도 그 사람의 눈동자가 무슨 색이었는지 말할 수 없었을 것이다. 그러나 6개월 전, 2월 정오 무렵은 깊은 침묵에 빠져 있었다. 지네 한 쌍, 그러니까 수컷과 암컷이 화장실 바닥에 뒤엉켜 있었고, 화요일마다 오는 여자 거지는 레몬 나무 가지 하나를 달라고 했다. 그리고 그는 단추를 모두 잠근 재킷을 입고 드러누워 웃으면서 말했다. "당신이 항상 내 생각을 하게 만들겠어. 나는 당신 사진을 문 뒤에 걸어 놓고서 당신 눈에 바늘을 꽂았어." 그러자 헤노베바는 배꼽을 잡고 웃었다. "그건 남자들이 과히라 사람들에게 배우는 멍청한 행동이야."

3월 말에는 아마도 집 안을 돌아다녔던 것 같다. 그는 아버지와 함께 사무실에서 긴 시간을 보내면서 무언가가 중요하다면서 설득한 것 같았지만, 나는 그게 무엇인지 결코 알 수 없었다. 이제 내가 결혼한 지 십일 년이 흘렀다. 기차 창가에서 내게 작별 인사를 하는 그를 본 이후 구 년이라는 세월이 흘렀다. 그때 그는 내게 자기가 돌아올 때까지 아이를 잘 돌볼 것을 약속하라고 했다. 그에 관해 아무것도 알지 못한 채, 기약 없는 그 여행을 준비할 수 있도록 도와준 아버지가 그가 언제 돌아올지 아무 말도 해 주지 않은 채, 구 년이란 세월이 흘러갔다. 하지만 결혼 생활이 지속된 삼 년 동안에도 팔로케마도 동네의 어린아이 장례식이나 헤노베바 가르시아와 내가 성당에서 돌아오면서 두 번째로 그를 보았던 3월의 일요일에 그랬던 것처럼, 전혀 구체적이지 않고 현실로 다가오지 않는 사람이었다. 그는 네 개의 단추가 달린 재킷 양쪽 주머니에 손을 넣은 채 호텔 문 앞에 혼자 서 있었다. 그는 말했다. "이제 당신은 평생 나를 생각하게 될 거야. 내가 당신 사진에 바늘을 떨어뜨려 놨거든." 그가 들릴락 말락 하는 긴장한 목소리로 그렇게 말했기에 마치 진짜 같았다. 그런데 그 사실조차 이상하고 색달랐다. 헤노베바는 단언했다. "그건 구아히라 원주민들의 부질없는 소리야." 석 달 후 그녀는 꼭두각시 인형 조종술사 회사의 사장과 도망쳤지만, 그때까지 그 일요일에 했던 그녀의 말은 깊은 생각에서 나온 진지한 것으로 보였다. 마르틴은 내게 말했다. "누군가가 마콘도에서 나를 기억할 것을 알게 되니 마음이 놓여." 헤노베바는 격분하여 일그러진 얼굴로 말했다. "지랄 염병할 놈! 저 포버튼 재킷을 입은 채 썩어 문드러질 거야."

7

그는 반대로 되기를 바랐을지 모른다. 하지만 그는 마을에서 이상한 사람이었고, 사교적이고 친절하게 보이려고 무진 노력을 다했지만 쌀쌀맞고 비호감적인 사람이었다. 그는 마콘도 사람들과 함께 살면서도 과거에 대한 기억 때문에 그들과 거리를 두었다. 기억을 고치려는 어떤 시도도 아무런 소용이 없는 것 같았다. 사람들은 그를 호기심 어린 눈으로 쳐다보았다. 마치 어둠 속에 오랫동안 머물다가 다시 나타난 암흑의 동물처럼 보였다. 그러니까 마을 사람들은 그를 무언가 덧붙여지고 그래서 의심스럽다고 여길 수밖에 없게 행동하는 사람으로 바라보았던 것이다.

그는 해 질 녘에 이발소에서 돌아와 방 안에 틀어박혔다. 언제부터인지 그는 저녁 식사를 거르고 있었다. 처음에 집에서 받은 인상은 그가 피로에 지쳐 돌아와 곧장 그물 침대로 가서 다음 날까지 잠에 빠진다는 것이었다. 그러나 그리 많은 시간이 흐르지 않아 나는 무언가 이상하고 특별한 일이 밤마다 그에게 일어난다는 것을 깨달았다. 방에서 그가 고통스럽고 미친 듯이 집요하게 움직이는 소리가 들렸다. 마치 밤마다 방에서 그때까지 실체가 없던 사람의 혼령을 맞이하고, 두 사람, 그러니까 과거의 사람과 현재의 사람이 말없는 싸움에 전념하며, 그 싸움에서 과거의 사람은 자신의 끔찍한 고독과 불굴의 냉정함과 비타협적인 성격을 옹호하고, 현재의 사람은 과거의 사람에게서 해방되기 위해 영원히 변치 않는 치열한 의지를 밝히는 것 같았다. 나는 그가 새벽까지, 자신이 완전히 피로에 지쳐 눈에 보이지 않는 적의 힘이 완전히 고갈될 때까지 방 안을 어슬렁거리며 돌아다니는 소리를 들었다.

그가 더 이상 각반을 차지 않고 매일 샤워를 하면서 향수로 옷에 향기를 내기 시작하고 나서야 나는 그가 얼마나 바뀌었는지 그 변화의 진정한 규모를 눈치챘다. 몇 달 후 그는 완전히 바뀌었고, 그러자 그에 대한 내 감정은 단순히 넓은 아량의 차원이 아니라 동정심으로 바뀌었다. 내가 감동받은 것은 거리에서 보여 주는 그의 새로운 모습 때문이 아니었다. 그건 밤에 그가 방 안에 틀어박혀 군화의 흙을 긁어내고 세면대에 걸레를 적시고, 몇 년간 계속 신어서 형편없이 망가진 신발에 구두약을 묻히는 모습을 상상했기 때문이다. 나는 매트리스 아래 보관한 구둣솔과 구두약 상자를 생각하면서 감동했다. 그것들은 마치 대다수의 남자들이 차분해지고 질서 정연해지는 나이에 물들어 버린 말할 수 없이 창피한 악습의 요인인 것처럼 세상 사람들의 눈으로부터 숨겨져 있었다. 실제로 그는 단조롭게 때늦은 사춘기를 살고 있었고, 매일 밤 추위 속에서 손날로 옷을 펴면서 사춘기 아이처럼 옷 입는 데 정성을 다했지만, 자신의 환상이나 환멸을 이야기할 친구를 사귈 만큼 충분히 젊지는 않았다.

마을 사람들도 그의 변화를 눈치챘을 것이다. 얼마 후 이발사의 딸과 사랑에 빠졌다는 말이 나돌기 시작했기 때문이다. 그렇게 말하는 근거가 있는지는 모르지만, 분명한 것은 그 소문 때문에 나는 그가 끔찍하게 성적인 고독에 빠졌으며, 추잡하고 방탕한 삶을 살던 그 시기에 생물학적으로 분노하고 있다는 사실을 깨달았다.

매일 저녁 그가 갈수록 옷치장에 신경을 쓰며 이발소를 드나드는 것을 볼 수 있었다. 황금빛 커프스가 있는 소매와 탈부착 칼라가 달린 셔츠를 입고 깨끗하고 잘 다림질한 바지를 입었다. 아직 허리띠는 고리 장식에서 나와 있었다. 마치 싸구려 로션의 기운에 둘러싸여 슬프게 단장한 애인 같아 보였다. 바람맞은 영원한 애인, 첫 번째 방문에 항상 꽃다발을 가져가지 않는 늘그막의 연인 같았다.

그렇게 그는 1909년의 처음 몇 달을 갑자기 맞게 되었다. 아직 마을의 소문을 확인해 줄 근거는 하나도 없었다. 단지 매일 오후 이발소에 앉아 이방인들과 대화하는 것을 보았다는 것뿐, 그가 이발사의 딸을 한 번이라도 만났는지 확신할 수 있는 사람은 없었다. 나는 그 헛소문이 얼마나 잔인한지 깨달았다. 마을에서는 이발사의 딸이 일 년 내내 '귀신'에게 괴롭힘을 당한 후 노처녀로 남으리라는 사실을 모르는 사람이 없었다. 그 귀신은 눈에 보이지 않는 연인으로, 그녀의 음식에 흙을 여러 줌 뿌리고, 물주전자의 물을 탁하게 만들며, 이발소의 거울을 부옇게 흐리고, 얼굴이 초록색으로 일그러질 때까지 그녀를 두들겨 패곤 했다. '풋내기'의 노력이나 커다란 영대(領帶), 성수를 통한 복잡한 치료법, 성물(聖物), 간절한 갈망을 담은 성가도 전혀 소용이 없었다. 마지막 수단으로 이발사의 아내는 귀신에 홀린 딸을 방에 가두고 거실에 여러 줌의 쌀을 뿌렸으며, 그녀를 눈에 보이지 않는 연인에게 건네주어 활력 없는 고독한 신혼여행을 떠나게 했다. 그런 일이 있은 후 마콘도의 남자들까지도 이발사의 딸이 아이를 뱄다고 말했다.

사람들이 그녀의 출산이라는 기괴한 사건을 기다리기를 포기한 지 일 년도 채 지나지 않았을 때였다. 귀신에 홀린 여자는 방 안에 틀어박혀 있을 것이고, 있을 법한 구혼자들이 결혼 적령기가 되기 훨씬 이전에 그녀의 삶은 산산이 부서졌다는 사실을 모두가 확신했음에도 불구하고, 마을 사람들의 호기심은 의사가 이발사의 딸과 사랑에 빠졌다는 생각으로 옮겨 갔다.

그래서 나는 근거 있는 추측이라기보다 그것이 잔인하고 악의적으로 계획된 낭설이라는 것을 알았다. 1909년 말에도 그는 계속 이발소에 갔고, 사람들은 그가 결혼을 준비하고 있다고 떠들어 댔다. 그러나 그가 그곳에 있을 때 여자아이가 한 번이라도 나왔거나 아니면 서로 대화할 기회가 있었다고 말할 수 있는 사람은 아무도 없었다.

이달처럼 푹푹 찌고 모든 게 죽은 것 같은 십삼 년 전 9월에 새어머니는 내 신부 예복을 만들기 시작했다. 매일 오후 아버지가 낮잠을 자는 동안 우리는 난간에 있던 꽃 화분 옆에, 뜨거운 난로 같은 로즈메리 옆에 앉아 바느질을 했다. 9월은 내 평생 그랬다. 십삼 년 전부터, 아니 훨씬 더 이전부터 그랬다. 내 결혼식은 가족만 참석하여 간소하게 치르기로 했기 때문에(아버지가 그렇게 결정했다.) 우리는 천천히, 전혀 급하지 않고 감지할 수 없는 작업에서 시간을 측정하는 최고의 방법을 발견한 사람처럼, 아주 정성 들여 섬세하게 바느질했다. 그 시간에 우리는 말했다. 나는 거리와 맞닿은 방을 계속 생각하면서, 마르틴이 묵을 최고의 장소라고 새어머니에게 말할 용기를 차곡차곡 쌓고 있었다. 그리고 그날 오후 그렇게 말했다.

새어머니는 얇은 천으로 긴 꼬리를 달고 있었고, 아주 선명하고 당당한 그해 9월의 눈부신 햇빛을 받아 마치 그 9월의 구름 속에 어깨까지 잠긴 것처럼 보였다. 새어머니가 말했다. "안 돼." 그러고는 다시 하던 일로 돌아가면서, 이마로 지난 팔 년간의 씁쓸한 기억이 스쳐지나가는 것을 느꼈다. "하느님이 그 방에 누구도 다시 들어가게 하지 않으실 거야."

마르틴이 7월에 돌아왔지만 우리 집에 머물지는 않았다. 그는 난간의 화분에 기대어 맞은편을 바라보는 것을 좋아했다. 그는 이렇게 말하기를 좋아했다. "이곳 마콘도에 남아 평생 살았으면 좋겠어." 오후가 되면 새어머니와 함께 농장으로 가곤 했다. 그리고 마을에 불이 켜지기 전, 저녁 식사 시간에 돌아왔다. 그러면 그는 말했다. "당신 때문이 아니더라도 나는 무슨 일이 있어도 마콘도에서 살고 싶어." 말을 하는 투로 보아 그것 역시 진실처럼 보였다.

그 당시는 의사가 우리 집을 떠난 지 사 년이 되었을 때였다. 그리고 정확하게 우리가 신부 예복을 만들기 시작한 오후였다. 마르틴에게 그 방을 주자고 말한 숨 막힐 듯 더운 오후였다. 새어머니는 처음으로 그의 이상한 습관에 대해 말했다.

"오 년 전이었어." 새어머니가 말했다. "그는 아직도 그곳에 동물처럼 틀어박혀 있었어. 그뿐만이 아니었어. 동물이 아니라 그 이상이었어. 초식 동물, 멍에에 매인 소처럼 되새김질하는 동물이었거든. 만일 이발사의 딸과 결혼했더라면, 그러니까 온 마을 사람들에게 귀신들과 알 수 없는 신혼여행을 갔다 온 후 임신했다는 엄청난 거짓말을 믿게 만든 위선적인 여자와 결혼했더라면, 아마도 이런 일은 일어나지 않았을 거야. 하지만 그는 갑자기 이발소에 발길을 끊었고, 심지어 마지막 순간에 변했다는 것을 보여 주었는데, 그것은 끔찍한 계획을 조직적으로 실현하려는 새로운 서막에 불과했어. 이 모든 일이 있었고, 너무나 천하고 저속한 버릇을 가진 사람을 우리 집에 머무르게 한다는 생각은 네 아빠 같은 사람만 할 수 있는 일이었지. 그는 동물처럼 살면서, 마을사람들을 분개하게 만들었고, 마을 사람들이 우리가 도덕과 미풍양속에 끊임없이 도전하는 사람들인 양 우리에 관해 이야기하는 동기를 제공했어. 그의 계획은 메메와 함께 떠나는 것으로 절정에 이르렀을 거야. 그러나 네 아버지는 자기가 얼마나 커다란 실수를 저질렀는지 인정하지 않았지."

나는 말했다. "그에 대해서는 하나도 들은 바가 없어요." 매미들은 이미 마당에 제재소를 설치한 것 같았다. 새어머니는 계속 이야기하면서 바느질을 멈추지 않았고, 상징적인 무늬들을 새기면서 하얀 미로를 수놓던 자수틀에서 눈을 들지도 않았다. 그녀는 말했다. "그날 밤 우리는 식탁에 앉아 있었어.(그 사람만 없었다. 마지막으로 이발소에서 돌아온 그날 저녁 이후 그는 저녁 식사를 하지 않았기 때문이다.) 그때 메메가 우리에게 음식을 갖다 주러 들어왔어. 그런데 괴로운 표정이었어. 나는 물었어. '무슨 일이야, 메메?' '아무 일도 아니에요. 왜 물으시는 거죠?' 그러나 우리는 그녀의 몸이 좋지 않다는 것을 알았어. 등잔 옆에서 머뭇거렸고, 얼굴이 온통 병에 걸린 것 같았거든. 나는 말했지. '맙소사, 메메. 몸이 좋지 않구나.' 그녀는 온 힘을 다해 어정쩡하게 서 있었어. 그러고는 쟁반을 들고 부엌을 향해 뒤돌았어. 계속 메메를 지켜보던 네 아버지가 말했어. '몸이 안 좋으면 그만 자러 가도록 해.' 그러나 그녀는 아무 말도 하지 않았어. 우리에게 등을 돌린 채 계속 쟁반을 들고 서 있었지. 그때 그릇이 산산조각 나며 깨지는 소리를 들었어. 메메는 복도에서 손톱으로 벽을 부여잡고 간신히 몸을 지탱하고 있었어. 네 아버지가 방으로 그를 찾으러 가서 메메를 봐 달라고 했어."

새어머니는 계속 말했다. "그가 우리 집에서 팔 년을 지냈지만 심각한 병 때문에 도움을 요청한 적은 한 번도 없었어. 여자들은 메메의 방으로 가서 알코올로 문질러 주었고, 네 아버지가 오기를 기다렸어. 그들은 오지 않았어, 이사벨. 팔 년 동안이나 먹여 주고 방을 주고 옷 빨래까지 해 준 사람이 손수 찾으러 갔는데도, 그는 오지 않았어. 그걸 떠올릴 때마다 나는 그가 우리 집에 온 것은 하느님이 내린 벌이라는 생각이 들어. 우리가 팔 년 동안 주었던 모든 풀과 모든 보살핌, 모든 배려는 하느님이 우리에게 세상을 믿지 말고 조심스럽게 대해야 한다는 교훈을 주기 위한 시험이었다고 생각해. 우리가 팔 년 동안 재우고 먹이고 빨래를 해 주었는데 돼지한테 해 준 꼴이나 마찬가지야. 메메는 죽어 가고 있었고(적어도 우리는 그렇게 믿었지), 그는 바로 거기에서, 그러니까 자기 방에 틀어박힌 채 진료를 거부했어. 그건 이제 더 이상 자비를 베푸는 작업이 아니라 예의이자 감사의 표시이며 그를 보살펴 준 사람들에 대한 단순한 헤아림이었는데 말이야."

"한밤중이 되어서야 네 아버지가 왔어." 새어머니가 말했다. "그러고는 힘없이 말했어. '알코올로 문질러 주도록 해요. 하제(下劑)를 쓰지는 말아요.' 나는 마치 따귀를 맞는 느낌이었어. 메메는 우리가 문질러 주자 반응을 보였어. 나는 화가 치밀어 소리쳤어. '그래요. 알코올. 고작 그거군요. 이미 그걸로 문질러 주었고, 이제 괜찮아요. 그런데 그걸 하려고 우리가 팔 년이나 남들을 등쳐 먹고 살 필요는 없었어요.' 그러나 아직도 네 아버지는 정중하게 나를 달래려고 허튼소리를 했어. '전혀 심각한 게 아니오. 언젠가 알게 될 거요.' 마치 의사가 점쟁이라도 되는 듯이 말했지."

그날 오후 격앙된 목소리와 흥분된 말 때문에 새어머니는 마치 의사가 메메에 대한 진료를 거부했던 그날 밤의 일화를 다시 되살리는 것 같았다. 로즈메리는 9월의 눈부신 햇빛과 매미의 깨나른함, 옆집에서 문을 떼어 내려고 애쓰는 사람들의 거친 숨소리에 숨이 막힌 것처럼 보였다.

"그즈음 어느 일요일에 메메는 최고의 귀부인처럼 치장하고 미사에 갔어요." 나는 말했다. "무지갯빛 양산을 쓰고 있었는데, 방금 전에 본 것처럼 생생하게 기억나요."

"메메. 메메. 그것 역시 하느님이 내린 벌이었어. 부모가 굶어 죽이고 있었는데, 우리가 거기서 메메를 꺼내 와 보살폈고, 살 곳과 먹을 것을 주고 이름도 지어 주었어. 하느님의 섭리도 한몫 거들었지. 다음 날 그녀는 문간에서 자기 가방을 들어다 줄 과히라 일꾼 한 명을 기다리고 있었어. 나는 그녀를 보았지만 어디로 가는지 알지 못했어. 너무나 달라져 있었고, 심각한 표정으로(나는 지금 그녀를 보고 있는 것 같다.) 가방 옆에 서서 네 아버지와 말하고 있었어. 나와 한마디 상의 없이 모든 게 이루어졌어, 이사벨. 나는 벽에 그려진 만화 같았어. 내가 무슨 일이 일어나는 거냐고, 왜 내 집에서 이상한 일이 일어나고 있으며, 왜 나는 그걸 모르는 거냐고 물으려는데, 네 아버지가 와서 말했어. '메메에게 아무것도 물어볼 필요 없소. 그녀는 떠나지만, 아마 조만간 돌아올 거요.' 네 아버지에게 그녀가 어디로 가는 거냐고 물었지만 아무 대답도 하지 않았어. 그는 나막신을 질질 끌면서 그 자리를 떠났어. 내가 아내가 아니라 벽에 그려진 만화인 것처럼 말이야."

새어머니는 계속 말했다. "이틀이 지나서야 나는 의사도 새벽에 떠났다는 사실을 알게 되었어. 그는 작별 인사를 하는 최소한의 예의도 차리지 않았어. 마치 자기 집인 것처럼 들어와서 팔 년 후에 자기 집을 떠나듯이 아무런 인사도 없이, 아무 말도 없이 나가 버렸어. 도둑놈이 하듯이 똑같이 그렇게 했어. 나는 네 아버지가 메메를 치료해 주지 않아서 내쫓았다고 생각했어. 하지만 그날 그렇게 묻자, 이렇게만 대답했어. '당신과 나는 이에 관해 해야 할 말이 많소.' 그러고는 그 문제에 관해 입도 벙긋하지 않았고, 그렇게 오 년이라는 시간이 흘렀어."

"오직 네 아버지에게만, 각자 제멋대로 행동하는 이 집처럼 엉망진창인 집에서만 그런 일이 일어날 수 있었어. 마콘도에 사는 사람들은 모두 집에 대해서만 말했어. 그때까지도 나는 메메가 높은 신분의 귀부인처럼 잔뜩 멋을 부리고 교회에 나타났고, 네 아버지가 뻔뻔스럽게 그녀의 팔짱을 끼고 교회에서 무사히 나오게 해 주었다는 사실을 몰랐어. 그런 말을 듣고 나서야 비로소 나는 내 생각처럼 그녀가 멀리 떨어진 곳에 있지 않으며, 의사와 함께 길모퉁이 집에 산다는 것을 알게 되었지. 메메는 세례를 받은 여자였지만, 그들은 교회 문으로 들어가지도 않은 채 두 마리 돼지처럼 함께 살기 위해 우리 집을 떠난 것이었어. 어느 날 네 아버지에게 말했지. '이런 이단적인 행동 역시 하느님에게 천벌을 받을 거예요.' 아버지는 아무 말도 하지 않았어. 공개적인 내연 관계와 떠들썩한 추문을 적극 후원한 후에도 그는 평소처럼 차분하고 조용한 사람으로 살았어."

"그렇지만 이제 나는 그런 식으로 일이 일어났다는 것에 만족해. 그래서 의사가 우리 집을 떠난 거니까. 만일 그런 일이 벌어지지 않았더라면 아직도 저 골방에 처박혀 있을 거야. 그가 우리 집을 떠났고, 그의 쓰레기들과 거리에 맞닿은 문으로 들어가지 않던 여행 가방을 가져갔다는 사실을 알고 나니 나는 훨씬 더 편안하게 느껴졌어. 그것은 팔 년이나 미루었던 내 승리였어."

"두 주 후에 메메는 가게를 열었고, 심지어 재봉틀도 갖고 있었어. 그가 이 집에서 모은 돈으로 새 '도메스틱' 재봉틀을 구입한 거지. 나는 그걸 일종의 모욕이라 여겼고, 그래서 네 아버지에게 말했어. 그는 내 불평에 대답하지 않았지만, 자기가 한 일을 후회하기보다는 만족해한다는 것을 나는 알 수 있었어. 마치 우리 집의 규칙을 어기고 명예를 실추시키면서 그 유명한 아량과 이해력과 너그러움으로 자신의 영혼을 구한 것처럼 말이야. 심지어 약간의 어리석음도 있었지. 나는 말했어. '당신이 가진 최고의 믿음을 돼지들에게 던져 주었어요.' 그러자 그는 평소처럼 말했어. '언젠가 여기에 관해서도 깨닫게 될 거요.'"

8

어느 책에 설명된 대로 12월은 봄처럼 갑작스럽게 도착했다. 그리고 12월과 함께 마르틴도 도착했다. 그는 점심시간이 지나서 접이식 여행 가방을 들고 집에 모습을 드러냈다. 여전히 네 개의 단추가 있는 재킷을 입었지만, 이제는 다림질한 지 얼마 안 된 깨끗한 옷이었다. 그는 내게 아무 말도 하지 않고 곧장 아버지 사무실로 가서 아버지와 대화를 나누었다. 결혼 날짜는 7월부터 정해져 있었다. 그런데 12월에 마르틴이 도착하고 이틀 후, 아버지가 새어머니를 사무실로 불러 월요일에 결혼식을 치러야 한다고 말했다. 그날은 토요일이었다.

내 신부 예복은 이미 준비되어 있었다. 마르틴은 매일 집에 있으면서 아버지와 이야기했고, 아버지는 자기가 받은 인상을 식사 시간 때마다 우리에게 알려 주었다. 나는 그와 단둘인 적이 한순간도 없었다. 마르틴은 떼려야 뗄 수 없는 단단한 우정으로 아버지와 연결된 것 같았고, 아버지는 마치 마르틴과 결혼할 사람이 내가 아니라 당신인 것처럼 그 사람에 관해 말했다.

결혼식이 임박했지만 전혀 설레는 감정을 느끼지 못했다. 나는 계속 회색 안개에 휩싸여 있었고, 그 안개를 통해 마르틴은 부자연스럽고 추상적으로 모습을 드러내면서, 말할 때마다 팔을 흔들고 재킷에 달린 네 개의 단추를 잠갔다. 일요일에 그는 우리와 점심을 먹었다. 새어머니는 식탁에 자리를 배정하면서, 마르틴이 아버지 옆에 있도록 내 자리에서 세 자리 떨어진 곳에 앉게 했다. 점심 식사를 하면서 새어머니와 나는 거의 말을 하지 않았다. 아버지와 마르틴은 사업에 관해 말했다. 나는 세 자리 떨어진 곳에 앉아 일 년 후에 내 아들의 아버지가 될 것이며, 나와 피상적인 우정조차 맺고 있지 않은 사람을 쳐다보았다.

일요일 밤에 나는 새어머니의 방에서 신부 예복을 입었다. 거울에 비친 내 모습은 창백하고 깨끗했으며, 먼지 이는 얇은 천의 구름에 둘러싸여 있었다. 그것을 보자 나는 내 어머니의 유령이 떠올랐다. 어머니는 거울 앞에서 혼잣말로 중얼거렸다. "그게 나야, 이사벨. 나는 내일 새벽에 결혼하기 위해 신부 예복을 입었어." 나는 내 자신을 알아보지 못했고, 죽은 어머니를 떠올리면서 내가 그녀라고 느꼈다. 메메는 며칠 전 길모퉁이 집에서 어머니에 관해 말해 주었다. 내가 태어난 후 어머니는 신부 예복을 입고 관에 누워 있었다고 했다. 이제 거울 속에서 내 모습을 보며 나는 망가지고 헤진 망사 더미와 누런

흙먼지로 짓이겨져 무덤의 이끼로 뒤덮인 어머니의 유골을 보았다. 나는 거울 바깥에 있었다. 거울 안에는 어머니가 있었다. 그녀는 다시 살아나 나를 바라보았고, 차가운 공간에서 팔을 뻗어 죽음을 만지려고 했다. 죽음은 내 머리에 놓인 작고 하얀 꽃을 고정한 바늘에 있었다. 뒤에서, 그러니까 방 한가운데서 아버지는 심각하고 당황스러운 표정을 지었다. "그 옷을 입으니 꼭 네 어머니 같구나."

그날 밤 나는 처음이자 마지막으로 연애편지를 받았다. 영화 프로그램 뒤에 연필로 쓴 마르틴의 서신이었다. 그는 말했다. "오늘 밤 제시간에 도착할 수 없으니, 새벽에 고백할 게. 대령님에게 우리가 말한 것이 거의 이루어졌고, 그래서 지금 갈 수 없다고 전해 줘. 너무 놀랐지? 마르틴." 편지에서 밋밋한 밀가루 같은 맛을 느끼며 침실로 갔고, 몇 시간 후 새어머니가 흔들어 잠에서 깨어났을 때도 내 입천장은 씁쓸했다.

그러나 실제로 많은 시간이 흘러서야 나는 완전히 잠에서 깨어날 수 있었다. 나는 시원하고 축축하며 사향 냄새를 풍기는 새벽에 다시 신부 예복을 입었다. 우리가 여행을 떠나 침으로 빵을 적시지 못할 때처럼 입안이 건조한 느낌이었다. 대부들은 네 시부터 거실에 있었다. 모두 아는 사람들이었지만, 이제 다 낯설고 새롭게 보였다. 남자들은 모직 정장을 입었고, 여자들은 모자를 쓰고서 그 말들의 짙고 힘없는 수증기로 집 안을 가득 채우고 있었다.

성당은 텅 비어 있었다. 내가 희생 제의를 바치기 위한 돌로 향하는 성스러운 처녀처럼 중앙 통로를 지나가자 몇몇 여자들이 고개를 돌려 나를 쳐다보았다. 비쩍 마르고 점잖은 '풋내기'는 그 거칠고 고요한 악몽에서 유일하게 현실 감각을 가진 사람이었다. 그가 계단을 내려와 야윈 손을 빠르고 느리고 빠르고 느리게 움직이면서 내게 마르틴을 건네주었다. 마르틴은 내가 팔로케마도의 어린아이 장례식에서 보았던 것처럼 조용하게 미소를 띠며 내 옆에 있었는데, 지금은 머리카락이 더 짧아졌다는 것이 달랐다. 평상시에도 추상적으로 보였지만, 결혼식 당일에는 더 추상적으로 보이도록 정성을 다했다는 것을 내게 보여주려는 듯했다.

그날 새벽 집으로 돌아와서 그러니까 대부들이 아침 식사를 하고 일상적인 몇 마디를 건넨 후에, 내 남편은 나가서 낮잠 시간이 될 때까지 돌아오지 않았다. 아버지와 새어머니는 내 상황을 눈치채지 못한 척했다. 그들은 사물들의 질서를 변경하지 않은 채 그날 낮 시간을 보냈고, 그래서 그 월요일의 특별한 바람을 전혀 느낄 수 없었다. 나는 신부 예복을 벗어 둘둘 말아 옷장 깊숙이 보관하면서 어머니를 떠올렸다. '적어도 이 천은 내가 죽을 때 수의로 사용할 수 있을 거야.'

비현실적인 신랑은 오후 두 시에 돌아와서 점심을 먹었다고 말했다. 그때 나는 그가 짧은 머리인 것을 보면서 12월은 더 이상 하늘이 새파란 달이 아니라고 생각했다. 마르틴이 내 옆에 앉았고, 우리는 잠시 말없이 그대로 있었다. 내가 태어난 이래 처음으로 밤이 시작되는 게 무서웠다. 아마도 표정에서 그런 것을 드러냈던 모양이다. 갑자기 마르틴이 살아 있는 존재처럼 보이더니, 내 어깨에 기대어 이렇게 물었기 때문이다.

“무슨 생각하고 있어?” 나는 내 마음속에서 무언가가 일그러지는 느낌이었다. 미지의 남자가 친근하게 말을 걸어오기 시작했기 때문이다. 나는 위를 쳐다보았다. 12월은 반짝이는 거대한 구체이자 유리처럼 빛나는 달이었다. 나는 말했다. “지금 유일하게 필요한 것은 비가 내리기 시작하는 것이라고 생각하고 있었어요.”

우리가 현관에서 대화를 나눈 마지막 밤은 평소보다 더 더웠다. 며칠 후 그는 영원히 이발소에서 돌아와 방 안에 틀어박혔다. 하지만 현관에서의 그 마지막 밤, 내가 기억하는 한 가장 덥고 괴로운 밤들 중 하나였던 그날 밤, 그는 사리분별이 가능한 것처럼 보였는데, 사실 그런 경우는 거의 없었다. 거대한 용광로 가운데서 유일하게 살아 있는 것처럼 보이던 것은 자연의 갈증에 분노한 지루하고 맥 빠진 귀뚜라미 울음소리와 아무도 없는 황량한 시간의 한가운데서 불타던 로즈메리와 감송 나무의 미세하고 보잘것없지만 무한한 움직임뿐이었다. 우리 두 사람은 잠시 입을 다물고 가만히 있으면서 진하고 끈적끈적한 물질을 발산했다. 그것은 땀이 아니라 산 채로 썩어 가는 물체가 흘리는 침이었다. 가끔씩 그는 여름의 광채 때문에 고독해진 하늘에서 별들을 보았고, 그런 다음에는 기괴하리만치 생생한 그날 밤의 행로에 완전히 몰두한 사람처럼 침묵을 지켰다. 우리는 그렇게 서로 마주 보면서, 그는 가죽의자에 앉고 나는 흔들의자에 앉아 생각에 잠겼다. 갑자기 하얀 날개가 지나가는 순간, 나는 그의 슬픈 머리를, 왼쪽 어깨

위로 외롭게 기운 머리를 보았다. 그러고는 그의 삶과 고독, 끔찍스러운 정신적 혼란을 떠올렸다. 나는 삶의 여러 광경을 고통으로 점철되어 무관심하게 바라보는 그를 떠올렸다. 예전에 나는 종종 그의 성격처럼 모순되고 변덕스럽고 복잡한 감정으로 그와 연결되었다고 느꼈다. 그러나 그 순간 나는 그를 진심으로 마음 깊이 사랑하기 시작했다는 것을 전혀 의심하지 않았다. 첫 순간부터 그를 보호하게 만들어 준 알 수 없는 힘을 내 마음속에서 찾았다고 느꼈고, 숨 막힐 듯이 후덥지근하고 어두운 그 방의 고통을 생생하게 느꼈다. 나는 어둡고 패배자 같은 모습과 상황에 압도된 듯한 얼굴을 보았다. 그런데 불현듯 그 강인하고 예리한 노란 눈에서 새로운 시선을 느끼자, 그의 미로 같은 고독의 비밀이 그날 밤 긴장한 맥박 때문에 내게 드러났다고 확신했다. 내가 왜 그랬는지 생각할 시간을 갖기도 전에 그에게 물었다.

"한 가지만 말해 줘요, 의사 선생. 당신은 하느님을 믿소?"

그는 나를 쳐다보았다. 머리카락이 이마 위로 흘러내리고 일종의 내면 질식을 겪듯이 그의 모든 게 타올랐지만, 아직 이마에 흥분이나 당황의 그림자는 나타나지 않았다. 그는 되새김 동물처럼 웅얼대는 목소리를 완전히 되찾고서 말했다.

"그런 질문을 받는 건 내 평생 처음입니다."

"의사 선생, 그렇다면 당신은 그런 질문을 한 번이라도 해 보았소?"

그는 무관심하지도 않았고, 걱정스러운 표정도 아니었다. 그냥 나라는 사람에게 조금 관심이 있는 것 같았다. 내 질문에는 관심이 없었고, 그 질문의 의도에 대해서는 더욱 관심이 없었다.

"말하기 힘들군요." 그가 말했다.

"하지만 오늘 같은 밤이 두렵지 않소? 누구보다도 커다란 체구의 남자가 농장을 걷는데, 아무것도 움직이지 않은 채 모든 게 그 남자의 발자국 소리를 듣자 어찌할 바 모르는 것 같은 느낌을 받지 않소?"

이제 그는 침묵을 지켰다. 첫 번째 아내를 기억하기 위해 심은 재스민 관목에서 풍기는 생생하고 거의 인간적인 냄새 너머로 귀뚜라미 소리가 주변 공간을 가득 채웠었다. 양말을 신지 않은 사람이 혼자 걸으며 밤을 관통하고 있었다.

"그런 것 따위에 내가 당황하는 일은 없을 겁니다, 대령님." 이제 그 역시 사물들처럼, 뜨거운 곳에 있는 로즈메리와 감송나무처럼 당혹해하는 것 같았다. "나를 당혹하게 만드는 것은……." 그가 말하면서 내 눈을 똑바로, 단호하게 쳐다보았다. "나를 당혹스럽게 하는 것은 밤에 걸어 다니는 저 사람을 안다고 확신을 가지고 말하는 당신 같은 사람이 있을 수 있다는 겁니다."

"우리는 우리 영혼을 구제하려는 거요, 의사 선생. 그게 차이점이오."

그때 나는 내가 생각하던 것 이상으로 가고 말았다. 나는 말했다. "당신은 무신론자이기 때문에 그의 발자국 소리를 듣지 못하는 것이오."

그러자 그는 동요하지 않고 차분하게 말했다.

"내가 무신론자가 아니라는 말을 믿어 주십시오, 대령님. 사실 나는 하느님이 존재한다는 것뿐만 아니라 너무나 존재하지 않는다고 생각하는 것 때문에 곤혹스럽습니다. 그래서 그런 것을 생각하고 싶지 않습니다."

이유를 모르겠지만 어쨌든 나는 그가 그렇게 대답할 것이라고 예감했다. '하느님 때문에 불안해하는 사람이야.'라고 나는 생각하면서, 마치 어느 책에서 읽은 것처럼 그가 분명하고 정확하고 자연스럽게 내게 말하는 소리를 들었다. 나는 밤의 나른함에 취해 있었다. 내 자신이 예언적 이미지로 가득한 거대한 회랑 안에 있다고 느꼈다.

그곳에, 즉 난간 뒤에는 아델라이다와 내 딸이 가꾸는 조그만 정원이 있었다. 그래서 로즈메리 향내가 불타고 있었던 것이다. 두 사람이 매일 아침 정성을 다해 돌보면서 튼튼하게 키웠고, 그렇게 그날 같은 밤이면 로즈메리의 불타는 향기가 집 안을 돌아다니면서 더 편안하게 잠들도록 해 주었다. 재스민 관목은 끊임없는 숨 냄새를 발산했고, 우리는 그 냄새를 받아들였다. 관목이 이사벨과 동갑이고, 그 향내는 어느 정도 그녀 어머니와 닮아 있었기 때문이다. 마당의 관목 사이에 귀뚜라미들이 숨어 있었다. 비가 그쳤을 때 잡초를 제거하는 일을 게을리했기 때문이다. 유일하게 믿을 수 없는 기적과 같은 것은 그가 그곳에서, 커다란 싸구려 손수건으로 땀으로 번드르르해진 이마를 닦고 있었다는 사실이었다.

그가 다시 조금 쉬었다가 말했다.

"내게 왜 그런 질문을 했는지 알고 싶습니다, 대령님."

"그냥 갑자기 머릿속에서 떠올랐소." 나는 말했다. "아마도 칠 년 전부터 당신 같은 사람은 무슨 생각을 하는지 알고 싶었기 때문인 모양이오."

나 역시 땀을 닦았다. 그러고서 말했다.

"당신의 고독을 걱정해서 그런지도 모르오." 나는 대답을 기다렸지만, 그는 아무 말도 하지 않았다. 그를 보니 여전히 슬프고 외로운 표정이었다. 나는 마콘도와 축제 때 지폐를 태우던 그곳 사람들의 광기를 떠올렸다. 그리고 모든 것을 우습게 여기고, 본능의 늪에서 뒹굴며, 방탕한 삶에서 갈망하던 맛을 찾으며 정처 없이 떠돌던 썩은 잎들을 떠올렸다. 썩은 잎들이 도착하기 이전의 그의 모습도 떠올렸다. 마찬가지로 그 이후 그의 삶, 그의 싸구려 향수, 그의 반짝이는 낡은 구두, 그가 무시한 그림자처럼 그를 항상 뒤쫓아 다니던 험담을 떠올렸다.

나는 말했다.

"의사 선생, 여자와 살고 싶다는 생각은 한 번도 해보지 않았소?"

내가 질문을 끝내기도 전에 그는 습관처럼 말을 길게 빙빙 돌리면서 대답했다.

"당신 딸을 무척 사랑하시지요, 대령님, 그렇지 않습니까?"

나는 당연하다고 대답했다. 그는 계속 말을 이었다.

"좋습니다. 하지만 당신은 다릅니다. 손수 못 박는 걸 당신만큼 좋아하는 사람은 없습니다. 나는 당신이 문에 돌쩌귀를 다는 걸 봤습니다. 당신 대신에 그 일을 할 일꾼들이 여러 명 있는데 말입니다. 당신은 그걸 좋아합니다. 나는 당신의 행복이 연장 상자를 가지고 집 안을 돌아다니면서 고칠 것이 있는지 찾는 데 있다고 생각합니다. 당신은 돌쩌귀를 망가뜨리는 사람에게 고마워할 사람입니다, 대령님. 행복해질 기회를 주기 때문에 그런 사람을 고맙게 생각합니다."

"그건 그냥 습관이라오."라고 나는 말했지만 그가 어느 방향을 쫓아가고 있는지 몰랐다. "우리 어머니도 똑같았다고 말들 하오."

그러자 그는 반응을 보였다. 그의 태도는 평온했지만 강철 같았다.

"잘 알겠습니다." 그가 말했다. "그건 좋은 습관이지요. 게다가 내가 지금까지 알던 중에서 가장 돈이 적게 드는 행복입니다. 그래서 지금 같은 집을 가졌고, 그런 방식으로 딸을 키운 것이지요. 내 말은 당신 딸 같은 딸을 가지면 좋을 거라는 소리입니다."

아직도 나는 그토록 장황하게 말을 돌리는 목적을 알지 못했다. 그걸 모르면서도 나는 물었다.

"그런 딸을 가지면 얼마나 좋을지 당신은 생각해 보지 않았소, 의사 선생?"

"예, 생각해 보지 않았습니다, 대령님." 그가 대답했다. 그러고는 웃었지만, 이내 다시 심각한 표정을 지었다. "내 아이들은 당신 아이들처럼 되지는 못할 겁니다."

나는 한 치의 의심도 없었다. 그는 진지하게 말했고, 그런 진지함과 그런 상황은 내가 보기에 놀라울 정도였다. 나는 생각했다. '다른 것보다 바로 이런 이유로 더 동정을 살 만해.'

보호받을 가치가 있어, 라고 생각했다.

"'풋내기'에 관해 말하는 소리를 들었소?" 나는 물었다.

그는 못 들었노라고 했다. 나는 말했다. "'풋내기'는 교구 신부라오. 하지만 그보다는 모든 사람들의 친구라오. 당신도 만나 볼 필요가 있소."

"아, 예, 예." 그가 말했다. "그도 마찬가지로 아이들이 있지요, 그렇죠?"

"지금 내가 관심을 가지고 말하는 것은 그게 아니오." 내가 말했다. "사람들이 '풋내기'에 대해 이런저런 소문들을 만들어 내는데, 그건 그를 무척 아끼고 사랑하기 때문이오. 하지만 당신 생각도 일리가 있소, 의사 선생. '풋내기'는 기도를 많이 하거나, 우리가 흔히 말하는 신앙심이 깊은 척하는 사람과 상당한 거리가 있소. 그는 일반인처럼 자기 의무를 다하는 완벽한 사람이라오."

이제 그는 관심 있게 귀를 기울였다. 말없이 정신을 집중한 채 자신의 노랗고 강인한 눈을 내 눈에서 떼지 않았다. 그가 말했다. "좋은 사람이군요, 그렇죠?"

"나는 '풋내기'가 성인이 될 거라고 생각하오." 내가 말했다. 그 점에서도 나는 거짓이 없었다. "마콘도에서 우리는 그 같은 사람을 한 번도 보지 못했소. 처음에는 신임을 얻지 못했소. 그가 이곳 사람이고, 나이 먹은 사람들은 그가 모든 아이들처럼 새를 잡으러 나가던 때를 기억하기 때문이었소. 그는 전쟁터에서 싸웠고, 대령이었는데, 그게 문제였소. 당신은 사람들이 참전 군인들을 존경하지 않고, 마찬가지로 신부도 존경하지 않는다는 것을 아오. 게다가 그는 복음서 대신 브리스톨 연감[3)]을 읽어 주는데, 우리는 그런 것에 익숙하지 않았다오."

그는 미소를 지었다. 그것은 우리가 처음 며칠 동안 그랬듯이 그에게 흥미롭게 들렸음에 분명했다. 그는 말했다. "재미있군요, 그렇죠?"

"'풋내기'는 그런 사람이라오. 그는 대기 현상과 관련하여 마을 사람들에게 설명하는 걸 좋아하오. 폭풍에 대해 거의 신학적일 정도로 관심이 많소. 일요일마다 폭풍에 관해 이야기한다오. 그래서 그의 설교는 복음서가 아니라 브리스톨 연감의 기후 예측에 바탕을 두고 있다오."

이제 그는 미소를 지으면서 밝고 명랑하면서도 주의 깊게 들었다. 나 역시 열성적이 되었다는 것을 알았다. 나는 말했다. "아직 당신이 관심을 보일 만한 게 있소, 의사 선생. 언제부터 '풋내기'가 마콘도에 머물렀는지 아시오?"

그는 모른다고 대답했다.

"우연의 일치로 당신이 도착한 날 도착했다오." 내가 말했다. "더 흥미로운 게 있소. 당신에게 형이 있다면, 나는 그가 '풋내기'와 똑같을 것이라고 확신하오. 물론 신체적으로 그렇다는 소리요."

그는 다른 것을 생각하지 않는 듯했다. 나는 그가 진지하게

3) 란만 켐프바클레이사(Lanman & Kemp-Barcalay) 회사가 1832년에 비누와 화장품을 홍보하기 위해 제작했으며, 20세기 초 라틴아메리카에서 매우 인기가 있었다. 총 16페이지로 이루어졌으며, 천문학적 자료와 성인 축일, 점성술 자료를 포함한다.

말하고 집요하게 관심을 집중하는 것을 보자, 내가 말하고 싶었던 말을 털어놓을 순간이 되었음을 알았다.

"좋소, 의사 선생." 내가 말했다. "'풋내기'를 찾아가 보도록 하시오. 그러면 세상은 당신이 보는 것과 다르다는 것을 알게 될 거요."

그는 알았다고, '풋내기'를 찾아가겠다고 말했다.

9

자물쇠는 냉정하고 조용하고 점진적으로 자신의 녹을 만든다. 아델라이다는 의사가 메메와 함께 살기 위해 이사했다는 사실을 알게 되자 그 방에 자물쇠를 채웠다. 아내는 그 이사를 자신의 승리, 그러니까 내가 그를 우리와 함께 살도록 결정한 순간부터 그녀가 주도한 체계적이고 집요한 작업의 절정이라고 여겼다. 십칠 년이 지났지만 자물쇠는 계속해서 그 방을 지키고 있었다.

지난 팔 년간 변하지 않은 내 행동 중에 사람들의 눈에 부끄럽거나 하느님의 눈에 달갑지 않은 것이 있었다면, 나는 죽기 훨씬 전에 천벌을 받았을 것이다. 아마도 그것은 내가 인류의 의무이자 기독교인의 책임이라고 여긴 것을 살아생전에 속죄해야만 한다는 의미였는지도 모른다. 왜냐하면 자물쇠에 녹이 쌓이기 시작하지 않았을 때, 마르틴은 내가 결코 진짜

인지 아닌지 알 수 없었던 계획서로 가득한 서류 가방을 들고서, 내 딸과 결혼하겠다는 확고한 소망을 가지고서 우리 집에 있었기 때문이다. 그는 우리 집에 도착했을 때 네 개의 단추가 달린 재킷을 입고 다정하고 환한 분위기를 풍기며 온몸에서 젊음과 활력을 발산했다. 그는 십일 년 전 12월에 이사벨과 결혼했다. 내가 서명한 계약서로 가득한 서류 가방을 들고 떠나면서 내가 부동산으로 재정 보증을 서고 자신이 제안한 거래가 이루어지면 곧 돌아오겠다고 약속한 지 구 년이 흘렀다. 구 년이 흘렀지만, 그렇다고 내가 그를 사기꾼이라고 생각할 권리는 없다. 나는 그가 내 딸과 결혼한 것이 그 자신이 양심적이라는 것을 설득하기 위해 꾸민 음모에 불과하다고 생각할 수 없다.

지난 팔 년의 경험은 어느 정도 쓸모가 있었다. 마르틴은 문간방을 차지할 수도 있었다. 하지만 아델라이다가 반대했다. 그녀의 반대는 강경했고 단호했으며 번복 불가능했다. 나는 아내가 신혼부부에게 문간방을 사용하도록 허락하느니 신혼방으로 마구간을 정리해 주는 편을 전혀 망설이지 않고 선택했으리라는 사실을 알고 있다. 이번에 나는 주저 없이 그녀의 생각을 수락했다. 그것은 팔 년을 미룬 그녀의 승리를 인정하는 행위였다. 만일 우리 두 사람이 마르틴을 믿는 실수를 저지른다고 해도 그것은 공동의 실수가 된다. 두 사람 중 한 사람이 승리자나 패배자가 되지 않는다. 그러나 이후에 닥친 일은 우리 힘으로 어찌할 수 없었고, 그것은 마치 연감에 예고되었고 숙명적으로 이루어질 기후 현상과 같았다.

나는 메메에게 우리 집을 떠나 그녀의 삶에 가장 좋다고 여기는 방향을 따르라고 말했다. 나중에 아델라이다는 면전에서 나의 우유부단함과 연약함을 비난했지만, 나는 반항할 수 있었고, 모든 것을 내 뜻대로 할 수 있었으며,(항상 그렇게 해 왔다.) 내 방식대로 모든 것을 결정할 수 있었다. 그러나 무언가가 내게 사건들의 방향과 흐름 앞에 내가 무력하다고 지적하고 있었다. 나는 가정에서 사물들을 정돈하는 사람이 아니라 우리 존재의 흐름을 지시하는 사람이었다. 사실 존재를 말할 때 우리는 유순하고 무의미한 도구일 뿐이었다. 모두 예언이 자연스럽게 연결되어 차례대로 이루어지는 것처럼 보였다.

메메가 가게를 개업한 것으로 보건대(내심 사람들은 하룻밤 사이에 시골 의사의 첩이 된 근면하고 성실한 여자가 조만간 가게 지키는 사람이 되어 버릴 것을 알았을 것이다.) 나는 그가 우리 집에서 우리의 상상을 초월할 정도로 많은 돈을 저축했으며, 그가 환자들을 받은 시절부터 세어 보지도 않고 상자 안에 아무렇게나 던져 넣은 지폐와 동전을 서랍에 보관했다는 사실을 알게 되었다.

메메가 가게를 열자, 그가 이곳에, 그러니까 가게 뒷방에 누구도 모를 무자비하고 야만스러운 예언에 겁을 집어먹고 틀어박혔다는 추측이 떠돌았다. 그가 거리에서 파는 음식을 먹지 않으며, 채소밭을 가꾸었다는 것은 익히 알려진 사실이었다. 처음 몇 달 동안 메메는 자기가 먹을 고기를 샀지만 일 년 후에는 그런 습관도 버렸는데, 아마도 남자와 함께 살면서 채식주의자가 되었기 때문일 것이다. 그러자 두 사람은 틀어박혀 두문불출했다. 경찰 당국이 메메의 시체를 찾기 위해 강제로 문을 열고 집안을 수색하고 채소밭을 파헤칠 때까지 그 집의 문은 굳게 닫혀 있었다.

사람들은 그가 그곳에 틀어박혀 낡고 헤진 그물 침대에서 흔들거리고 있다고 상상했다. 그러나 나는 그가 산 사람들의 세계로 돌아오기를 기대하지 않던 시기에도 그의 완고한 은둔 생활, 즉 하느님의 위협에 맞선 말없는 전투가 죽음이 그를 덮치기 훨씬 전에 절정에 이르게 될 것임을 알았다. 나는 조만간 그가 세상으로 나올 것임을 알고 있었다. 하느님과 떨어져 반평생을 틀어박혀 살 수 있는 사람은 없기 때문이다. 나는 그가 갑자기 집에서 나와 길모퉁이에서 만나게 될 첫 번째 사람에게 아무렇지도 않게 족쇄나 차꼬를 채우건, 불과 물로 고통을 주건, 십자가와 나사로 고문을 하건, 눈에 나무나 뜨겁게 달군 쇠를 집어넣건, 혀에 끝도 없이 소금을 붓건, 고문을 위해 말(馬)을 사용하건, 채찍질을 하건, 뜨거운 쇠살 위에 올려놓건, 사랑을 하건 자신은 종교 재판관들에게 굴복하지 않았다고 해명할 것임을 알고 있었다. 그 시간은 그가 죽기 몇 년 전에 올 것이었다.

나는 예전부터, 그러니까 현관에서 우리가 대화를 나눈 마지막 밤 이후부터, 나중에는 메메를 치료해 달라고 문간방으로 그를 찾아갔을 때부터 그런 사실을 알고 있었다. 그가 남편과 아내의 자격으로 그녀와 함께 살고 싶어 하는 욕망에 내가 반대할 수 있었을까? 예전에는 아마도 그랬을지 모른다. 지금은 아니다. 석 달 전부터 운명의 또 다른 장(章)이 만들어지기 시작했기 때문이다.

그날 밤 그는 그물 침대에 있지 않았다. 그는 허름한 침대에 누워 머리를 뒤로 젖힌 채 천장의 한 지점에 눈을 고정하고 있었다. 아마도 촛불의 불빛이 가장 강하게 비추는 장소였던 모양이다. 방에 전구가 있었지만 그는 전구를 사용한 적이 없었다. 어둠 속에 누워 어둠을 뚫어지게 바라보는 것을 좋아했다. 내가 방 안으로 들어갔지만 그는 미동도 하지 않았다. 나는 문간에 발을 들여놓은 순간부터 그가 혼자가 아니라고 느끼기 시작했다는 사실을 알았다. 나는 말했다. "너무 성가신 부탁이 아닌지 모르겠소, 의사 선생. 과히라 여자의 몸이 좋지 않은 것 같소." 그는 침대에서 몸을 일으켰다. 방금 그는 방 안에 혼자가 아니라고 느꼈다. 이제 그는 그 방에 있는 사람이 나라는 것을 안다. 의심할 여지 없이 두 느낌은 전혀 달랐다. 그가 즉시 자세를 바꾸고서 머리카락을 매만지며 침대 모서리에 앉아 기다리고 있었기 때문이다.

"의사 선생, 아델라이다가 전하는 말이오. 당신이 와서 메메를 봐주기를 바라고 있소." 나는 말했다.

그는 앉은 채 되새김 동물처럼 입을 움직이지 않고 내게 충격적인 대답을 했다.

"필요 없을 겁니다. 임신해서 그런 겁니다."

그러고는 앞으로 몸을 숙이고 내 얼굴을 살펴보는 듯하더니 이렇게 말했다. "몇 년 전부터 메메는 나와 잠자리를 하고 있습니다."

솔직하게 고백하건대, 나는 놀라지 않았다. 당황하지도 않았고, 혼란스럽지도 않았으며, 분노를 느끼지도 않았다. 아무 느낌도 없었다. 아마도 내가 보는 방식으로는 그의 고백이 너무 심각했고, 내가 이해할 수 있는 정상적인 궤도에서 벗어났기 때문인 것 같았다. 나는 꼼짝도 하지 않고 가만히 서 있었다. 그의 되새김 동물처럼 입을 움직이지 않고서, 아니 그런 사람처럼 차갑게 있었다. 긴 침묵이 흘렀고, 그는 그때까지도 마치 내가 먼저 결정하고 조치를 취하기를 기다리는 사람처럼, 꼼짝 않은 채 침대에 앉아 있었다. 그때 나는 그가 방금 전에 한 말이 얼마나 강도가 센지 깨달았다. 그러나 내가 당황해하기에는 너무 늦었다.

"당연히 당신은 어떤 상황인지 알 거요." 이것이 내가 말할 수 있는 전부였다. 그가 말했다.

"사람은 누구나 필요한 조치를 취합니다, 대령님. 위험이 따르는 일을 받아들인다면, 그는 어떻게 그 위험에 대처해야 하는지 알기 때문입니다. 무언가가 잘못되면 혼자 힘으로는 어쩔 수 없는 불의의 일이 발생하기 때문입니다."

나는 그런 종류의 말 돌리기를 알고 있었다. 평소처럼 나는 그가 어디에 다다를 생각인지 몰랐다. 나는 의자를 끌고 와서 그 앞에 앉았다. 그러자 그는 침대에서 나와 허리띠 버클을 누르고서 바지를 올려 제대로 입었다. 방 한쪽 끝에서 그가 계속 말했다.

"내가 필요한 조치를 취했다는 것은 사실입니다. 이번이 두 번째 임신입니다. 첫 번째는 일 년 반 전이었는데, 당신들은 아무것도 눈치채지 못했습니다."

그는 무덤덤하게 말을 계속하면서 다시 침대 쪽으로 움직였다. 어둠 속에서 나는 바닥 타일 위를 천천히, 하지만 자신 있게 걷는 그의 발자국을 느꼈다.

“그때 그녀는 모든 각오가 되어 있었습니다. 지금은 아닙니다. 두 달 전에 내게 다시 임신했다고 말했고, 나는 처음 임신했을 때와 똑같이 말했습니다. 오늘 밤에 와서 똑같은 것을 하도록 해, 라는 말이었지요. 그녀는 지금은 아니라고, 다음 날 하겠다고 말했습니다. 나는 부엌에 커피를 마시러 갔고, 그녀에게 기다리고 있다고 말했지만, 그녀는 다시는 내 방에 오지 않겠다고 했습니다.”

이미 침대 앞에 와 있었지만 그는 앉지 않았다. 그는 내게 등을 돌리더니 다시 방 안을 돌아다니기 시작했다. 나는 그가 말하는 소리를 들었다. 마치 그물 침대에 누워 흔들거리면서 말하는 것처럼 목소리가 앞뒤로 왔다 갔다 하는 느낌이었다. 그는 차분하면서도 자신 있게 말했다. 나는 말을 끊으려고 해봐야 아무 소용이 없으리라는 사실을 알았다. 나는 그의 목소리를 듣고만 있었다. 그는 말했다.

“그런데 며칠 후에 내 방으로 왔습니다. 나는 모든 것을 준비해 두었습니다. 나는 거기 앉으라고 한 뒤에 컵을 찾으러 탁자로 갔습니다. 그때, 그러니까 이걸 마셔, 라고 말했을 때, 나는 그녀가 이번에는 마시지 않을 것이라는 사실을 깨달았습니다. 그녀는 미소를 짓지 않고 나를 바라보며 잔인하기 그지없는 어조로 말했습니다. ‘이번 아이는 버리지 않을 거예요, 의사 선생님. 이번 아이는 낳아서 기를 거예요.’”

나는 그의 차분한 말에 화가 치밀었다. 그래서 말했다. “그건 어떤 식으로도 합리화할 수 없소, 의사 선생. 당신은 해서는 안 될 행동을 두 번이나 한 것이오. 하나는 우리 집에서 관계를 가졌다는 것이고, 또 다른 것은 낙태를 시킨 것이오.”

“대령님은 내가 최선을 다했다는 것을 아십습니다. 그게 내가 할 수 있는 최선이었습니다. 나중에 더 이상 해결 방법이 없다는 것을 알고, 나는 당신에게 말하기로 마음먹었습니다. 요 며칠 사이에 할 작정이었습니다.”

“나는 당신이 이런 상황에서 한 가지 해결 방법이 있다는 사실을 안다고 생각하오. 정말로 당신이 우리를 모욕하고 싶지 않다면 말이오. 당신은 이 집에 사는 우리의 원칙이 무엇인지 알고 있소.” 나는 말했다.

그러자 그가 대답했다.

“나는 당신에게 어떤 문제도 일으키고 싶지 않습니다, 대령님. 내 말을 믿어 주십시오. 당신에게 말하려고 했던 내용은 이렇습니다. 내가 과히라 여자를 길모퉁이에 있는 빈집으로 데려가 살겠다는 것이었습니다.”

“공개적으로 함께 살겠다는 말이오, 의사 선생?” 나는 말했다. “그게 우리에게 무엇을 의미하는지 아시오?”

그때 그는 침대로 되돌아왔다. 그곳에 앉아 몸을 앞으로 기울이고는 허벅지에 팔꿈치를 괴고 말했다. 말투가 달라져 있었다. 처음에는 차가웠는데, 이제 잔인하고 도전적으로 바뀌었다. 그가 말했다.

“나는 당신이 전혀 불편해하지 않도록 유일한 해결책을 제안하는 겁니다, 대령님. 다른 해결책이 있다면 그건 그 아이가 내 아들이 아니라고 말하는 겁니다."

"메메가 그렇다고 말할 거요." 나는 말했다. 화가 나기 시작했다. 이제 그의 태도가 너무나 도전적이고 공격적이어서, 나는 그의 말을 차분하게 받아들이기 힘들었다.

그러나 그는 냉정했고 자기 뜻을 전혀 굽히지 않았다.

"내 말을 믿으십시오. 메메는 절대로 그렇게 말하지 않을 겁니다. 확신합니다. 내가 그녀를 길모퉁이 집으로 데려가겠다고 하는 것은 단지 당신에게 어떤 문제도 생기지 않도록 하기 위해서입니다. 그게 전부입니다, 대령님."

그는 너무나 자신만만하게 메메가 그 아이의 아버지가 자기라고 말할 수 없을 것이라면서 자기가 아버지가 아니라고 부정했다. 그 말을 듣자 나는 혼란스러웠다. 어쩐지 그의 힘은 말보다 훨씬 깊은 곳에 뿌리박고 있는 것 같았다. 나는 말했다.

"우리는 메메를 딸처럼 여기고 있소, 의사 선생. 이 경우 그녀는 우리 편에 서게 될 거요."

"대령님이 내가 알고 있는 것을 알고 나면 그렇게 말하지 못할 겁니다. 이렇게 이야기해서 죄송하지만, 대령님이 그 원주민 여자를 따님과 비교한다면, 그것은 따님에 대한 모욕입니다."

"당신은 그렇게 말할 자격이 없소." 나는 말했다.

그러자 여전히 모질고 냉혹한 목소리로 그가 대답했다. "자격이 있습니다. 그녀가 나를 아이의 아버지라고 말할 수 없다고 하는 데는 그럴 만한 이유가 있기 때문입니다."

그는 고개를 뒤로 젖혔다. 그리고 깊게 숨을 들이시고서 말했다.

"메메가 밤에 외출할 때 대령님이 감시할 시간이 있었다면, 내게 그녀와 함께 살라고도 못 할 겁니다. 이 경우 위험 부담이 따르는 것은 나입니다, 대령님. 나는 대령님이 어떤 문제에도 휩쓸리지 않도록 죽은 사람을 어깨에 메고 나가는 겁니다."

그때 나는 그가 메메와 함께 교회 문을 지나가는 일은 없을 것임을 깨달았다. 중대한 것은 그의 마지막 말 이후 나는 나중에 내 양심에 커다란 짐이 될 수도 있었던 것을 감수하지 않으려 했다는 사실이다. 내게는 유리하게 사용할 여러 장의 카드가 있었다. 그는 카드가 단 한 장뿐이었지만, 내 양심과 내기를 걸어 이기기에 충분한 것이었다.

"알았소, 의사 선생." 나는 말했다. "오늘 밤 길모퉁이에 있는 집을 깨끗이 치우라고 시키겠소. 하지만 어쨌든 내가 당신을 우리 집에서 내쫓는 거라는 사실을 알기 바라오. 당신은 자유 의지에 따라 나가는 게 아니라는 말이오. 아우렐리아노 부엔디아 대령이었다면, 그의 믿음을 이런 식으로 되갚은 당신에게 비싼 대가를 치르게 했을 것이오."

나는 그의 본능을 부추겼기를 바랐고, 그의 어두운 원초적 힘이 폭발하기를 기다렸다. 그러나 뜻하지 않게 그는 아주 근엄하게 입을 열었다.

"당신은 점잖고 교양 있는 사람입니다, 대령님." 그가 말했다. "모두가 그걸 알고, 나는 당신이 구태여 그런 사실을 일깨워 줄 필요가 없을 만큼 이 집에서 충분히 살았습니다."

그가 자리에서 일어났지만 승리자처럼 보이지는 않았다. 기껏해야 팔 년간 우리가 보살펴 준 데 대해 보답할 수 있어서 만족스러운 것처럼 보였다. 혼란스러워하며 죄책감을 느낀 것은 나였다. 그날 밤 그 냉정한 노란 눈에서 점차 모습을 드러내기 시작한 죽음의 씨앗을 보면서 나는 내 행동이 이기적이었으며, 내 양심에 새겨진 단 하나의 오점 때문에 끔찍할 정도로 속죄하면서 평생에 걸쳐 고통받게 될 것임을 깨달았다. 반면에 그의 마음은 평온했다. 그는 말했다.

"메메는 알코올로 문질러 주십시오. 설사약을 먹이지는 마십시오."

10

할아버지가 엄마 옆으로 돌아왔다. 엄마는 완전히 생각에 잠겨 앉아 있다. 옷과 모자는 여기 의자에 놓였지만 더 이상 그것들을 생각하고 있지 않았다. 할아버지가 가까이 오더니 생각에 잠긴 엄마를 보고 눈앞에서 지팡이를 흔들며 말한다. "이제 그만 정신 차리거라, 얘야." 엄마는 눈을 깜빡거리고 고개를 흔들었다. 할아버지가 말한다. "무슨 생각을 하고 있었어?" 어머니는 억지로 미소를 짓는다. "'풋내기'를 생각하고 있었어요."

할아버지는 어머니 옆에 다시 앉아 지팡이에 턱을 괸다. "우연의 일치군. 나도 그를 생각하고 있었어."

그들은 '풋내기'라는 말이 무엇을 의미하는지 알고 있다. 서로 쳐다보지 않고 말한다. 엄마는 의자에 기대어 팔을 손바닥으로 툭툭 치고, 할아버지는 옆에 앉아 여전히 지팡이에 턱을 괴고 있다. 그러나 그렇더라도 두 사람은 '풋내기'가 무슨 말인지 알고 있다. 루크레시아를 만나러 갈 때 아브라암과 내가 무슨 말을 하는지 서로 이해하는 것처럼.

나는 아브라암에게 말한다. "지금 들이대고 있을 거야." 아브라암은 항상 나보다 세 발짝 정도 앞서서 걷는다. 그는 고개를 돌리지 않고 말한다. "아직 아니야, 조금 있어야 해." 그러면 나는 말한다. "들이대면 물통이 터져 버려." 아브라암이 고개를 돌리지 않아도 나는 그가 들릴락 말락 키득대며 바보처럼 웃는 소리를 느낀다. 그것은 마치 물을 마신 직후 황소의 주둥이에서 파르르 떨리는 물줄기 같다. 그는 말한다. "다섯 시쯤 되었을 거야." 그는 조금 더 달리고서 말한다. "지금 들이대면 물통이 터져 버릴 수 있어." 그러나 나는 고집을 피운다. "어쨌든 항상 들이대고 있어." 그는 고개를 돌려 나를 쳐다보고는 달리기 시작하면서 말한다. "좋아, 그럼 가자."

루크레시아를 보려면 나무와 도랑으로 가득한 안마당 다섯 개를 지나야만 한다. 도마뱀이 득실거리는 낮은 초록색 담을 넘어야 한다. 예전에 난쟁이가 여자 목소리로 노래를 부르던 곳이다. 아브라암은 뛰어가면서 강한 햇볕을 받은 칼날처럼 반짝이고, 그의 구두 굽은 개들이 짖는 소리에 쫓기는 것 같다. 그러더니 멈춘다. 그 순간 우리는 창문 앞에 있다. 우리는 마치 루크레시아가 잠들어 있는 것처럼 작은 목소리로 부른다. "루크레시아." 하지만 그녀는 깨어 있으며, 신발을 신지 않은 채 발목까지 내려오는 풀 먹인 하얗고 흐트러진 잠옷을 입고 침대에 앉아 있다.

우리가 부르자 루크레시아는 눈을 들어 방 안을 둘러보더니, 물떼새 같은 크고 둥근 한쪽 눈을 우리에게 고정한다. 그러고서 빙긋이 웃고는 방 한가운데로 움직인다. 입은 벌어져 있고, 작은 이는 울퉁불퉁하게 나 있다. 머리가 둥글고, 머리카락은 남자처럼 짧다. 방 한가운데에 도착하자 웃음을 멈추고 웅크리더니 문을 쳐다본다. 손이 발목에 닿고, 천천히 셔츠를 올리기 시작한다. 계산한 것처럼 천천히, 그리고 동시에 도전적이고 무서운 표정을 짓는다. 아브라암과 나는 계속해서 창문을 쳐다본다. 그동안 루크레시아는 잠옷을 올린다. 입술이 삐죽 튀어나오고, 표정은 애태우며 숨 가쁘게 일그러져 있으며, 물떼새 같은 커다란 눈은 반짝이면서 우리에게 고정되어 있다. 그녀가 잠옷으로 얼굴을 덮은 채 가만히 있으면, 우리는 그녀의 하얀 배를 보고, 그 배는 조금 더 아래쪽에서 감청색으로 변한다. 방 한가운데 드러누워 양다리를 모으고 덜덜 떨릴 정도로 강한 힘으로 붙이면 떨림이 발목까지 올라간다. 그런데 재빨리 얼굴을 드러내고 둘째손가락으로 우리를 가리키더니 반짝이는 한쪽 눈이 온 집안에 울려 퍼지는 끔찍한 신음 소리 속에서 튀어나올 것처럼 커진다. 그러면 방문이 열리고 여자가 소리치면서 뛰어나간다. "염병할 놈들, 네 엄마한테나 이렇게 해 달라고 조르란 말이야."

며칠 전부터 우리는 루크레시아를 보러 가지 않았다. 이제 우리는 농장으로 가는 길을 따라 강으로 간다. 여기서 일찍 나가면 나를 기다리는 아브라암과 만날 수 있을 것이다. 하지만 할아버지는 움직이지 않는다. 지팡이에 턱을 괴고 엄마 옆에 앉아 있다. 나는 가만히 할아버지를 쳐다보면서 안경 뒤로 눈을 꼼꼼하게 살핀다. 할아버지는 내가 쳐다보는 것을 아는 게 틀림없다. 갑자기 깊은 한숨을 내쉬면서 몸을 흔들기 때문이다. 할아버지는 엄마에게 슬프고 힘없는 목소리로 말한다. "'풋내기'였다면 허리띠를 휘둘러서라도 모두 오게 했을 거야."

그러고서 할아버지는 의자에서 일어나 죽은 사람이 있는 곳으로 걸어간다.

내가 이 방에 온 건 이번이 두 번째다. 첫 번째는 십 년 전인데, 그때도 물건들은 지금과 마찬가지로 놓여 있었다. 마치 그때부터 아무것도 건드리지 않은 것 같았다. 아니면 메메와 함께 이곳으로 살러 온 그 머나먼 새벽 이후 자기 삶에 아무 신경도 쓰지 않은 것 같았다. 종이들은 똑같은 장소에 그대로 있었다. 탁자와 싸고 허름한 옷가지 몇 개를 비롯해 모든 게 오늘과 마찬가지로 같은 장소에 놓여 있었다. 마치 나와 '풋내기'가 와서 남자와 읍 당국이 화해하도록 했을 때가 어제인 것 같았다.

당시 바나나 회사는 우리를 모두 쥐어짜고서 우리에게 가져왔던 쓰레기 중의 쓰레기들과 함께 마콘도를 떠난 상태였다. '썩은 잎', 그러니까 번영을 누렸던 1915년 마콘도의 마지막 자취는 그들과 함께 이미 떠나고 없었다. 어둡고 허름한 가게 네 개만 있는 폐허가 되어 버린 마을이었다. 마을에는 일자리를 잃고 원한에 사로잡힌 사람들, 번창했던 과거의 기억과 고통스럽고 활기를 잃어버린 현재의 씁쓸한 상태에 괴로워하는 사람들만 남아 있었다. 선거를 치르는 음산하고 위협적인 일요일을 제외하고는 아무런 미래도 없었다.

여섯 달 전 어느 날 아침, 이 집 문에 익명의 전단지가 붙었다. 아무도 그것에 관심을 보이지 않아 여기에 오랫동안 박혀 있었다. 전단지는 마지막 가랑비에 검은 글씨가 지워졌고, 2월의 마지막 바람에 휩쓸려 비로소 사라졌다. 1918년 말 선거가 임박해서 정부가 유권자들의 긴장감을 일깨우고 자극할 필요가 있다고 생각할 즈음 누군가가 읍 당국에 이 고독한 의사에 관해 말했다. 그가 이곳에 있다는 사실을 이미 오래전부터 증언할 수 있었는데 말이다. 아마도 초창기에 그와 함께 살던 원주민 여자가 가게를 운영했고, 마콘도에서 가장 하찮은 사업조차 번영을 구가하던 시절이었으니, 그 가게 역시 번창했다고 말했을 것이다. 그러던 어느 날(아무도 그 날짜가 언제인지 몇 년도인지 기억하지 못한다.) 가게 문이 열리지 않았다. 사람들은 메메와 의사가 여기에 틀어박혀 계속 살면서 그들이 마당에서 손수 재배한 야채를 먹고 있다고 생각했다. 그런데 길모퉁이에 모습을 드러낸 전단지에는 의사가 동거녀를 살해하고 채소밭에 묻었으며, 그것은 마을사람들이 그녀가 죽은 것을 이용해 그에게 독을 먹일 수도 있다고 두려워했기 때문이라고 적혀 있었다. 정말로 납득이 되지 않는 것은 누구도 의사를 죽이기 위한 계획을 짤 이유가 없었던 시절에 그런 말을 했다는 사실이다. 내가 보기에 읍 당국은 그의 존재를 까마득히 잊고 있었다. 그런데 그 해에 정부는 경찰력과 그들이 신임할 수 있는 사람들로 보안대를 강화했다. 잊힌 전단지의 전설을 다시 끄집어내고, 읍 당국은 그 문을 강제로 열었으며, 집을 수색했고, 마당을 파헤쳤으며, 변소를 조사하면서 메메의 시체를 찾아내려고 했다. 그러나 그 흔적조차 찾지 못했다.

그때 그들은 의사를 끌고 가서 마구 두들겨 팰 수도 있었다. 그랬다면 틀림없이 그는 공적 기관의 지시라는 이름 아래 또 다른 희생자가 되었을 것이다. 하지만 '풋내기'가 개입했고, 그는 우리 집에 와서 내게 의사를 찾아가자고 했다. 그는 내가 의사에게서 만족할 만한 설명을 얻어낼 것이라고 확신했다.

뒷문으로 들어가면서 우리는 그물 침대에 버려진 남자의 잔해를 급습했다. 이 세상 어느 것도 한 남자의 잔해보다 더 소름끼치는 것은 없다. 어디에서 왔는지 알 수 없던 사람의 잔해는 더욱더 끔찍했다. 우리가 들어오는 것을 보고 그는 그물 침대에서 일어났다. 그는 마치 방 안의 모든 것을 덮은 먼지에 두껍게 덮여 있는 것 같았다. 머리는 강철빛을 띠었고, 여전히 눈은 우리 집에서 보았던 내면의 강한 힘을 지니고 있었다. 나는 우리가 손끝을 스치기만 해도 그의 몸이 부서져 한 무더기의 인간 톱밥이 될 것이라는 인상을 받았다. 수염은 깎았지만 살갗으로 삐져나오지 않도록 깨끗하게 면도한 것은 아니었다. 가위로 수염을 잘랐기 때문에 그의 턱은 딱딱하고 힘 있는 싹이 아니라 부드럽고 하얀 잔털로 덮여 있었다. 그물 침대에 있는 그를 보자고 나는 생각했다. '이제는 사람처럼 보이지 않아. 시체처럼 보여. 아직 눈만 죽지 않은 시체처럼.'

그가 말했다. 우리 집에 처음 왔을 때의 목소리, 그러니까 되새김 동물처럼 웅얼거리며 말하는 목소리였다. 그는 할 말이 전혀 없다고 했다. 우리가 아무것도 모른다고 믿는 것처럼, 경찰이 문을 부셨고, 허락 없이 마당을 마구 들쑤셔 놓았다고 말했다. 하지만 불평이나 항의가 아니었다. 기껏해야 애처롭고 비탄에 잠긴 고백 같았다.

메메에 관해서 그는 우리에게 유치해 보일 수도 있다고 설명했지만, 사실을 말할 때 사용했을 것과 동일한 억양이었다. 그는 메메가 떠났으며 그게 다라고 말했다. 가게를 닫자 그녀는 집에서 따분해하기 시작했다. 아무와도 말하지 않았고, 외부 세계와 소통하지 않았다. 어느 날 그녀가 가방을 싸는 걸 보았고, 아무 말도 하지 않았다고 설명했다. 외출복을 입고 굽 높은 구두를 신고 손에 여행 가방을 든 것을 보았을 때까지 아무 말도 하지 않았다고 말했다. 그녀는 문간에 서 있었지만 아무 말도 하지 않았다. 마치 자기가 떠난다는 사실을 그에게 알리려고 그렇게 치장하고 보여 주려는 것 같았다. 그는 말했다. "그때야 나는 일어났고, 서랍에 남아 있던 돈을 주었습니다."

나는 말했다. "얼마나 됐소, 의사 선생?"

그가 말했다. "내 머리로 계산해 보십시오. 내 머리를 잘라 주던 사람이 그녀였으니까요."

그날 그를 찾아갔을 때 '풋내기'는 거의 말을 하지 않았다. 현관부터 방까지 그는 자기가 십오 년 동안 마콘도에 있으면서 한 번도 만나지 못한 유일한 남자의 모습에 충격을 받은 듯했다. 이번에 나는 두 사람이 놀라울 정도로 닮았다는 것을 깨달았다.(예전보다 훨씬 더 잘 알게 되었다. 아마도 의사가 수염을 깎았기 때문인 모양이다.) 똑같다고는 말할 수 없지만 형제처럼 비슷했다. 한 사람이 더 마르고 더 가냘프고 몇 살 더 먹었을 뿐이었다. 그러나 둘 중 한 사람이 아버지를 닮고 다른 한 사람이 어머니를 닮았을지라도, 그들에게는 형제 사이에 존재하는 공통된 특징이 있었다. 나는 현관에서 그를 마지막으로 보았던 밤을 떠올렸다. 나는 말했다.

"이분이 '풋내기'라오, 의사 선생. 언젠가 당신은 내게 이분을 찾아가겠다고 약속했소."

그는 웃었다. 그는 사제를 쳐다보고 말했다. "사실입니다, 대령님. 왜 여태껏 찾아가지 않았는지 나도 모르겠습니다." 그러고 나서는 계속 신부를 꼼꼼하게 살펴보았다. '풋내기'가 말했다.

"잘 시작하는 사람에게 결코 늦은 법은 없지요." 그가 말했다. "당신 친구가 되고 싶군요."

즉시 나는 이방인 앞에서 '풋내기'가 평소의 힘을 잃어버렸다는 것을 알아차렸다. 그는 소심하게 말했다. 설교대에서 쩌렁쩌렁 울려 퍼지는 목소리로 브리스톨 연감의 기후 예측을 초자연적이고 위협적으로 읽어 주던 불굴의 확실성이 결여되어 있었다.

그렇게 그들은 처음 만났다. 동시에 마지막 만남이었다. 하지만 의사의 목숨은 오늘 새벽까지 이어졌다. '풋내기'가 마을 사람들이 그에게 문을 열어 달라고 애원했던 그날 밤에 그를 위해 다시 한 번 개입했기 때문이다. 그들은 끔찍한 선고를 소리 내어 외쳤고, 이제 나는 그것이 이루어지지 않도록 하는 일을 떠맡았다.

우리가 그 집을 떠나려고 할 때 나는 몇 년 전부터 그에게 묻고 싶었던 것을 떠올렸다. '풋내기'에게 나는 여기서 의사와 있을 테니 읍 당국과 중재해 달라고 말했다. 단 둘이 남자 나는 물었다.

"한 가지만 말해 주시오, 의사 선생. 아기는 어떻게 됐소?"

그는 얼굴색을 바꾸지 않았다. 그가 말했다. "무슨 아기 말입니까, 대령님?" 나는 대답했다. "당신들의 아기 말이오. 메메는 우리 집에서 나갈 때 임신 중이었소." 그러자 그는 차분하고 냉정하게 말했다.

"맞습니다, 대령님. 나는 그것조차 잊고 있었습니다."

아버지는 조용히 있었다. 그러고는 말했다. "'풋내기'였다면 허리띠를 휘둘러서라도 모두 오게 했을 거야." 아버지의 눈은 초조함을 억제하고 있다는 것을 보여 준다. 벌써 반 시간이나 지난 이 기다림이 계속되는 동안(세 시 정도 되었을 게 분명하다.) 아이가 당혹해할 것이 걱정이다. 넋을 놓은 표정이다. 아무것도 물으려고 하지 않는 것 같다. 멍하고 차가운 무관심은 그의 아버지와 똑같다. 내 아들은 수요일의 불타는 공기 속에서 녹아 버릴 것이다. 구 년 전에 기차 차창으로 팔을 흔들면서 영원히 사라져 버린 마르틴처럼 말이다. 계속 아버지와 유사하게 행동한다면, 아들을 위한 내 희생은 모두 헛될 것이다. 하느님에게 이 아이가 피와 살로 이루어진 사람이 되게 해 달라고, 다른 사람들처럼 몸무게도 있고 몸집도 있고 색깔도 있는 사람이 되게 해 달라고 기도해도 결국은 공염불이 되고 말 것이다. 피에 아버지의 씨를 갖고 있는 한 모든 게 헛된 노릇이 될 것이다.

오 년 전에 아이는 마르틴과 전혀 닮은 구석이 없었다. 하지만 헤노베바 가르시아가 두 쌍의 쌍둥이를 포함해 여섯 아이들을 데리고 마콘도로 돌아온 후 아이는 점점 모든 면에서 비슷해지고 있다. 헤노베바는 뚱뚱하고 늙었다. 눈 주변에 시퍼런 핏줄이 불거지고, 그래서 예전의 깨끗하고 단호한 얼굴과 달리 약간 더러운 인상을 풍겼다. 하얗고 조그만 신발과 오건디 주름장식 속에서 그녀는 소란하고 혼란스러운 행복을 보여주었다. 나는 헤노베바가 꼭두각시 인형 조종술사 회사의 사장과 도망쳤다는 것을 알았고, 아이들을 보면서 나도 모르게 일종의 혐오감을 느꼈다. 그녀의 아이들은 단 한 개의 중앙기계 장치가 통제하는 듯이 습관적으로 움직이는 것 같았다. 작고 걱정스러우리만치 서로 똑같이 생긴 여섯 명의 아이들이 똑같은 신발을 신고 옷에 똑같은 주름 장식을 달고 있었다. 내 눈에는 헤노베바의 무질서 속의 행복, 먼지로 붕괴되어 폐허가 되어 버린 마을에서 도시에서나 걸치는 장신구를 가득 걸친 모습이 애처롭고 불쌍해 보였다. 그녀는 부잣집 여인같이 움직이면서 돈 많은 것처럼 보이려고 행동했을 뿐만 아니라, 인형 조종술사 회사에서 알게 된 사람들과 우리가 살아가는 체제가 너무나 다르다면서 그것을 유감스럽게 여겼는데, 그런 모든 행동과 말에 무언가 괴로운 것, 그러니까 너무나 슬플 정도로 우스꽝스러운 점이 있었다.

그녀를 보면서 나는 지난 시절을 떠올렸다. 나는 말했다.

"아주 근사해졌어." 그러면 그녀는 슬픈 표정을 짓고서 말했다. "기억이 사람들을 뚱뚱하게 만드나 봐." 그러고서 아이를 주의 깊게 쳐다보고 다시 말했다. "네 개의 단추를 가진 마법사는 어떻게 됐어?" 나는 짧게 대답했다. "떠났어." 그녀가 이미 알고 묻는다는 걸 알았기 때문이다. 헤노베바가 말했다. "이 아이만 남겨 둔 거야?" 나는 그렇다고, 단지 아이만 남겨 두었다고 대답했다. 헤노베바는 경솔하고 천한 미소를 지었다. "오 년 동안 한 아이밖에 못 만든 것을 보니 아주 힘이 없었나봐." 그러고는 계속 움직이면서 서로 뒤엉켜 있는 아이들 사이로 으스대며 말했다. "나는 그 사람에게 완전히 미쳐 있었어. 네게 맹세하는데, 우리가 그를 만난 곳이 아이의 장례식만 아니었더라도 내가 너한테 빼앗았을 거야. 그 시절에 나는 몹시 미신에 사로잡혀 있었거든."

헤어지기 전에 헤노베바는 내 아이를 뚫어지게 쳐다보고서 말했다. "정말이지 그를 쏙 빼닮았어. 단추 네 개 달린 재킷만 없을 뿐 모든 게 똑같아." 그 순간부터 나는 아이가 아버지와 똑같다고 생각하기 시작했다. 마치 헤노베바가 아이의 정체성에 불행을 가져온 것 같았다. 몇 번에 걸쳐 나는 아이가 탁자에 팔꿈치를 괴고, 머리를 왼쪽 어깨 위로 기울인 채 몽롱한 시선으로 아무 데도 쳐다보고 있지 않은 모습을 보고 소스라치게 놀랐다. 마르틴이 난간의 카네이션 화분에 기대고서 "당신 때문이 아니더라도 난 평생 마콘도에서 살고 싶어."라고 말할 때와 똑같다. 가끔씩 나는 아이가 그렇게 말할 것이라는 인상을 받는다. 지금 내 옆에 말없이 앉아 더위 때문에 막혀 버린 코를 만지면서 그런 말을 할지도 모른다는 생각이 든다. 나는 묻는다. “아파?” 아이는 아니라고, 할아버지 안경이 내려올지도 모른다고 생각하는 중이었다고 말한다. “그런 건 걱정하지 않아도 돼.” 나는 아이에게 말하고 목에서 넥타이를 풀어 준다. 나는 말한다. “집에 돌아가면, 잠시 쉬면서 샤워를 하도록 해.” 그러고서 아버지가 있는 곳을 바라본다. 그는 방금 전에 “카타우레.” 하고 과히라 일꾼 중에 가장 나이 많은 사람을 불렀다. 작고 단단한 원주민이다. 침대에서 담배를 피우던 그는 자기 이름을 듣더니 머리를 들어 조그맣고 우울한 눈으로 아버지의 얼굴을 찾는다. 그러나 아버지가 다시 입을 열려는 순간, 뒷방에서 비틀거리며 방안으로 들어오는 읍장의 발자국 소리가 들린다.

11

우리 집에서 오늘 정오는 정말로 끔찍했다. 이미 오래전부터 그의 죽음을 기다렸기에 내게 그가 죽었다는 소식은 그리 놀라운 것이 아니었다. 하지만 아내가 집에서 그토록 충격을 받을지는 상상하지 못했다. 누군가가 장례식에 나와 함께 가야만 했고, 나는 내 아내가 그 동반자가 될 것이라고 생각했다. 삼 년 전에 내가 병을 앓은 이후에는 특히 그랬다. 삼 년 전 그날 오후 그녀는 내 책상 서랍을 살펴보다가 은 손잡이가 달린 조그만 지팡이와 춤추는 태엽 인형을 발견했다. 그 당시 우리는 그 장난감이 있다는 걸 새까맣게 잊어버리고 있었던 것 같다. 그날 오후 우리는 그 장치를 작동했고, 인형은 음악 소리에 흥겨워하며 예전처럼 춤을 추었다. 옛날에 그 음악은 즐겁고 명랑했지만, 책상 서랍에서 오랫동안 침묵을 지킨 탓인지 이제 슬프고 조용하게 들렸다. 아델라이다는 인형이 춤추는 것을 보고서 기억을 떠올렸다. 그러고는 다시 나를 쳐다보았다. 슬픔 때문에 눈이 촉촉하게 젖어 있었다.

"누구를 떠올리나요?" 아내가 말했다.

장난감이 기운 빠진 음악으로 방 안을 슬픔에 젖게 하는 동안, 나는 아델라이다가 누구를 생각하는지 알고 있었다.

"그는 어떻게 되었을까요?" 아내는 기억을 떠올리며 말했다. 아마도 그가 저녁 여섯 시에 방문 앞에 나타나 문간에 등잔을 걸어 놓던 시절을 떠올리자 가슴이 두근거린 듯 몸을 떨었다.

"길모퉁이에 있소." 내가 말했다. "며칠 사이에 죽을 테고, 우리가 묻어 줘야 하오."

아델라이다는 침묵을 지키면서 장난감의 춤에 온 정신을 쏟았고, 나는 그녀의 향수에 전염된 느낌이었다. 나는 말했다. "그가 도착한 날 당신이 그를 누구와 혼동했는지 항상 알고 싶었소. 식탁을 차려 놓았는데, 그건 그가 누군가와 비슷했기 때문이오."

그러자 아델라이다는 어두운 미소를 지으며 말했다.

"저기 구석에서 그가 손에 춤추는 인형을 들고 서 있을 때 누구와 닮았다고 생각했는지 말하면, 아마 당신은 나를 비웃을 거예요." 그러고는 손가락으로 이십사 년 전에 멀쩡한 군화를 신고 군복처럼 보이는 옷을 입은 그를 보았던 텅 빈 공간을 가리켰다.

나는 그날 오후 그들이 기억 속에서 화해했다 믿었고, 그래서 아내에게 검은 옷을 입고 함께 가자고 말했다. 그러나 장난감은 다시 서랍 안에 들어가 있다. 음악이 아무런 효과가 없었던 것이다. 아델라이다는 이제 멍한 상태다. 슬프고 망연자실하여 기도만 하면서 방에서 몇 시간째다. "장례식을 치러 줘야 한다고 생각하는 사람은 당신뿐일 거예요." 아내가 말했다. "수많은 불행이 우리를 덮쳤어요. 이제 우리에게 부족한 것은 빌어먹을 윤년뿐이에요. 그리고 홍수지요." 나는 이 일을 해 주겠다고 이름을 걸고 맹세했다면서 그녀를 설득하려고 했다.

"내가 그 사람 때문에 목숨을 구했다는 사실을 부정할 수는 없소." 내가 말했다.

그러자 아내가 말했다.

"우리에게 빚을 진 건 바로 그 사람이에요. 당신 목숨을 구해 준 것은 팔 년 동안 재워 주고 먹여 주고 빨래해 준 데 대한 보답에 지나지 않아요."

그러고는 의자를 난간 쪽으로 끌고 갔다. 아직도 슬픔과 황당한 생각에 젖어 몽롱한 눈을 하고서 그곳에 있을 것이다. 아내의 행동이 너무나 단호해 보였기에 나는 진정시키려고 애썼다. 나는 말했다. "좋소. 이번에는 이사벨과 가겠소." 그녀는 아무 대답도 하지 않았다. 우리가 나올 때까지도 범접할 수 없이 앉아 있었다. 나는 내 말이 아내의 기분을 풀어 주리라 믿으며 말했다. "우리가 돌아올 때까지 제단에 가서 우리를 위해 기도해 주오." 그러자 아내는 문을 향해 고개를 돌리면서 말했다. "기도도 하지 않을 거예요. 그 여자가 화요일마다 레몬 나무 가지를 달라고 오는 동안 내 기도는 아무 소용도 없을 테니까요." 그녀의 목소리에는 알 수 없이 불안하고 혼란스러운 반항심이 배여 있었다.

"심판의 시간이 올 때까지 여기에 멍하니 그대로 있을 거예요. 그때까지도 흰개미가 의자를 먹어 치우지 않는다면 말이에요."

아버지는 걸음을 멈추고서 목을 길게 빼고는 뒷방으로 가는 귀에 익은 발자국 소리를 듣는다. 그러자 카타우레에게 하려고 했던 말을 잊은 채 지팡이를 짚고는 그 자리에서 한 바퀴 돌지만 쓸 수 없는 다리가 말을 제대로 듣지 않아 엎어질 뻔한다. 삼 년 전에도 그랬다. 아버지는 레모네이드 단지 위로 넘어졌고, 단지 깨지는 소리가 나면서 레모네이드는 바닥과 나막신, 흔들의자로 흘러내렸으며, 그가 넘어지는 것을 혼자 본 아이는 울음을 터뜨렸다.

그때부터 아버지는 절룩거리고, 그때부터 한쪽 발을 질질 끌며 걷는다. 쓰라린 고통을 겪은 그 주 이후 다리는 감각을 잃었고, 우리는 그가 그 고통에서 회복하는 모습을 결코 볼 수 없을 것이라고 믿었다. 이제 시장의 도움으로 균형을 되찾는 그를 보면서 나는 제대로 움직일 수 없는 다리에 마을 사람들의 의지에 맞서 완수하겠다는 약속의 비밀이 있다고 생각한다.

아마도 그에게 감사하는 마음은 그때부터, 그러니까 그가 현관에서 갑자기 넘어지면서 마치 누군가가 탑에서 그를 밀어 버린 느낌이었다고 말했을 때부터 생긴 것 같다. 마콘도에 남아 있던 마지막 두 의사는 편안하게 마지막 순간을 맞할 준비를 하라고 충고했다. 나는 아버지가 드러누운 지 닷새째 되는 날을 기억한다. 침대 시트를 덮은 몸은 왜소해져 있었다. 그리고 일 년 전에 마콘도의 모든 주민들이 꽃을 들고 북적대면서 감동적인 행렬을 지어 마을 묘지로 운반한 '풋내기'의 몸처럼 여윈 그의 몸을 기억한다. 관 속에 있어도 그의 위엄은 그즈음 아버지의 얼굴에서 보았던 돌이킬 수 없이 쓸쓸하게 버림받은 듯한 깊이를 지니고 있었다. 당시 침실은 아버지의 목소리로 가득했고, 아버지는 이상한 군인에 관해 말했다. 1885년 전쟁이 벌어지던 어느 날 밤에 모자를 쓰고 군화를 호랑이 가죽과 이빨과 발톱으로 장식하고서 아우렐리아노 부엔디아 대령의 진영에 나타난 사람이 있었다. 대령의 부하들이 물었다. "당신은 누구요?" 그 이상한 군인은 대답하지 않았고, 그러자 다시 그에게 물었다. "어디서 왔소?" 그래도 대답이 없자 또 물었다. "어느 편에서 싸우는 거요?" 그때까지도 알지 못하는 군인의 대답을 듣지 못하자, 연락병이 횃불을 집어 그의 얼굴에 가까이 갖다 대고서 잠시 살펴보더니 화들짝 놀라면서 소리쳤다. "맙소사! 말보로 공작이잖아!"

그 끔찍한 망상 상태에서 의사들은 아버지를 목욕시키라고 지시했다. 우리는 시키는 대로 했다. 하지만 다음 날 그의 배에서 감지하기 힘들 정도의 변화만 느낄 수 있었다. 의사들은 집을 떠났고, 유일하게 충고할 것은 편안하게 죽음을 맞이하도록 준비하라는 것뿐이라고 말했다.

침실은 침묵에 잠겨 있었다. 방 안에서는 죽음이 천천히,

조용히 날갯짓하는 소리 이외에는 아무것도 들리지 않았다. 죽어 가는 사람의 침실에서 사람 냄새를 풍기는 신비스럽고 난해한 날갯짓이었다. 앙헬 신부가 종부 성사를 마친 후 여러 시간이 흘렀지만, 아무도 움직이지 않은 채 회복할 가망이 없는 사람의 앙상한 옆모습을 지켜보았다. 그때 괘종시계가 종을 울렸고, 새어머니는 숟가락으로 약 먹일 준비를 했다. 우리는 아버지의 머리를 들고 새어머니가 숟가락을 집어넣을 수 있도록 입을 벌렸다. 그때 현관에서 느리면서도 또박또박 걷는 발걸음 소리가 들렸다. 새어머니는 허공에서 숟가락을 멈추었고, 나직이 중얼거리던 기도를 멈추고는 문 쪽으로 고개를 돌렸다. 갑자기 얼굴이 창백해져 꼼짝도 하지 못했다. "연옥에서도 저 발자국 소리는 알아볼 거야." 그녀는 간신히 이렇게 말했고, 그 순간 우리는 문으로 시선을 돌려 의사를 보았다. 그는 바로 거기에, 그러니까 문가에서 우리를 쳐다보고 있었다.

나는 딸에게 말한다. "'풋내기'였다면 허리띠를 휘둘러서라도 모두 오게 했을 거야." 그리고 관이 있는 곳으로 발길을 옮기면서 생각한다. '의사가 우리 집을 떠난 이후 나는 거스를 수 없는 보다 강력한 의지에 의해 우리의 행위가 정해질 것이라 확신했고, 그러니 우리가 아무리 노력해 봐야, 혹은 틀어박혀 기도하는 아델라이다의 쓸모없는 행동을 받아들여 봐야 아무 소용 없었을 거야.'

아무런 느낌 없이 침대에 앉아 있는 일꾼들을 보며 나는 나와 관 사이의 거리를 좁힌다. 그리고 죽은 사람 위에 끓어오르는 공기를 첫 모금 들이마시면서, 마콘도를 파괴한 냉혹하고 원한에 사무친 모든 것을 빨아들였다는 느낌을 받는다. 나는 읍장이 머지않아 장례를 허락할 것이라고 생각한다. 밖에, 그러니까 더위로 신음하는 거리에 사람들이 기다리고 있다는 것도 안다. 구경거리에 안달을 하면서 여자들은 창문을 내다보고, 그대로 창가에 머물며 밖을 내다보는 바람에 난로에서 우유가 끓고 밥이 타고 있다는 사실도 기억하지 못한다는 것도 안다. 심지어 나는 이런 마지막 반항의 표시가 으깨지고 엉망진창이 된 사람들이 실행할 수 있는 일보다 더 뛰어나다고 생각한다. 사실 그들의 투쟁 능력은 선거가 있던 일요일 이전에 와해되었다. 그날 그들은 행동했고 계획을 수립했지만 패배하고 말았으며, 그 후 그들의 행위를 결정하는 사람들은 바로 그들 자신이라는 확신을 갖게 되었다. 그러나 모든 것이 준비되고 조직되어 점차 우리를 숙명적으로 이 수요일로 이끌게 될 사건들을 지휘하는 것 같았다.

십 년 전 폐허가 우리를 덮쳤을 때, 복구를 염원하던 사람들이 집단적으로 노력했다면 충분히 재건할 수 있었을 것이다. 바나나 회사가 못쓰게 만들어 놓은 들판에 나가는 것만으로 충분했을 것이다. 잡초들을 뽑고 다시 처음부터 시작하면 되었을 것이다. 그러나 썩은 잎은 초조해하면서 과거나 미래도 믿지 않는 것만 배운 상태였다. 단지 현재만 믿고 현재 속에서 자신들의 게걸스러운 탐욕을 채우는 것만 배웠다. 썩은 잎이 떠났고 그것 없이는 마을을 재건하기 불가능하다는 사실을 깨닫는 데는 그리 오랜 시간이 필요하지 않았다. 썩은 잎이 모든 것을 가져왔고 모든 것을 가져갔던 것이다. 이후 마을에 남은 부스러기는 일요일뿐이었고, 마콘도의 마지막 밤에 영원한 선거의 음모자들은 광장에 경찰과 지원 병력이 마실 네 개의 커다란 소주병을 놓았다.

그날 밤 '풋내기'는 여전히 반항심을 불태우고 있었지만 그런 마음을 억제했다. 그래서 오늘 같은 날에는 채찍을 들고 집집마다 찾아가 이 사람을 매장하도록 강제할 수 있었다. '풋내기'는 마을 사람들에게 엄격하게 규율을 지키게 했다. 심지어 사 년 전에 — 내가 병에 걸리기 일 년 전 — 사제가 죽은 후에도 그 규정은 너무나도 감동적으로 준수되었다. 모든 사람들이 자신들의 정원에서 꽃과 관목을 꺾어 무덤으로 가져가 '풋내기'에 대한 마지막 감사와 존경을 바친 것이다.

이 남자만이 장례식에 참석하지 않은 유일한 사람이었다. 확고하고도 모순에 가까울 정도로 마을을 손아귀에 넣은 신부 덕분에 목숨을 구할 수 있었던 유일한 사람이었다. 광장에 커다란 네 병의 소주를 갖다 놓은 밤이었다. 마콘도는 무장한 야만인들에게 짓밟힌 마을이었다. 죽은 사람들을 공동묘지에 마구 묻던 공포에 질린 마을이었다. 그런데 누군가가 이 길모퉁이에 의사가 한 명 있다는 사실을 떠올렸던 것 같다. 마을 사람들은 들것을 문 앞에 놓고 소리쳤다.(그가 문을 열지 않고 집 안에서 말했기 때문이다.) "의사 선생님, 이 부상자들을 돌봐 주세요. 다른 의사들은 치료해 주려고 하지 않아요." 그는 대답했다. "다른 곳으로 데려가시오. 난 아무것도 모르오." 그러자 마을 사람들이 말했다. "마을에 남아 있는 의사가 당신뿐입니다. 자비를 베풀어 주십시오." 사람들은 그가 거실 한가운데서 등잔을 높이 들고 있고, 그의 매정한 노란 눈이 불빛을 받아 빛나고 있다고 상상했다. 그가 대답했다.(역시 그때도 문은 열리지 않았다). "알고 있던 의학 지식을 모두 잊어버렸소. 다른 곳으로 데려가시오." 그는 계속 닫힌 문과 함께 그곳에 남아 있었다.(그 문은 결코 열리지 않았기 때문이다.) 그러는 동안 마콘도의 남자와 여자들은 문 앞에서 신음하며 죽어 갔다. 군중은 그날 밤 무슨 일이든 할 수 있었다. 집에 불을 질러 그곳에 사는 유일한 주민을 잿더미로 만들 수도 있었다. 그때 '풋내기'가 나타났다. 사람들 말에 의하면, 그는 마치 투명 인간처럼 그곳에 있으면서 집과 그 남자를 파멸시키는 것을 막기 위해 감시하고 있던 것 같았다. "아무도 이 문을 건드리지 마시오." 사람들은 '풋내기'가 이렇게 말했다고 이야기한다. 그리고 그것이 그가 말한 전부라고 말한다. 그는 십자가에 매달린 것처럼 팔을 벌렸고, 무표정하고 차가운 암소 해골 같은 얼굴이 시골 사람들이 내뿜는 분노의 빛을 받아 빛났다. 그러자 사람들은 일시적 충동을 멈추고 방향을 틀었지만, 이번 수요일과 같은 날이 언젠가는 올 거라고 확신하는 선고문을 소리 높여 외칠 힘은 아직 남아 있었다.

문을 열라고 일꾼들에게 말하기 위해 침대 쪽으로 걸어가면서 나는 생각한다. '조만간 와야 할 거야.' 그리고 나는 그가 오 분 안에 도착하지 않으면, 그의 허락 없이 관을 집 밖으로 꺼내 죽은 사람을 거리 한복판에 놓는 게 좋지 않을까 생각한다. 그러면 그는 집 앞에 묻으라고 하는 수밖에 없을 것이다. “카타우레.” 나는 일꾼들 중에서 가장 나이가 많은 사람을 부른다. 그가 고개를 들자마자 나는 이곳과 접한 방을 지나 다가오는 읍장의 발자국 소리를 듣는다.

나는 그가 곧장 내게 온다는 것을 안다. 그래서 지팡이를 짚고 제자리에서 급히 몸을 돌리려는데 아픈 다리가 말을 듣지 않는 바람에 몸이 앞으로 쏠리고, 나는 넘어지면서 관의 모서리에 얼굴을 부딪칠 거라고 확신하지만 그의 팔과 부딪쳐 그가 나를 꽉 잡는다. 나는 그의 온화하고 멍청한 목소리를 듣는다. 그는 이렇게 말한다. “걱정 마십시오, 대령님. 분명히 아무 일도 일어나지 않을 겁니다.” 나는 그럴 거라고 믿지만, 그렇게 말하는 것은 그가 스스로 용기를 북돋기 위해서라는 것을 알고 있다. “나도 아무 일도 일어나지 않을 거라고 생각합니다.” 나는 그에게 말하면서도 정반대로 생각한다. 그가 공동묘지의 케이폭 나무에 관해 무언가를 말하고, 내게 매장 허가증을 건네준다. 나는 그걸 읽지도 않고 접어서 재킷 주머니에 넣고는 말한다. “어쨌든 일어날 일이라면 일어나게 되어 있습니다. 그건 마치 연감이 예고하는 것과 같습니다.”

읍장은 과히라 원주민에게 간다. 관에 못을 박고서 문을 열라고 지시한다. 나는 그들이 못과 망치를 찾아 움직이는 모습을 본다. 이제 그것들은 이 남자, 어디서 왔는지 아무도 모르고 오갈 데 없는 사람의 모습을 영원히 지워 버릴 것이다. 그를 마지막으로 본 것은 삼 년 전에 내가 몸을 추스르고 있던 침대 앞에서였다. 그의 머리와 얼굴이 조로 현상으로 망가져 있었다. 나를 죽음에서 구해 준 직후였다. 그를 그곳으로 데려왔으며 그에게 내가 아프다는 소식을 전해 주었던 바로 그 힘이 회복기 환자의 침대 앞에 그를 서게 만든 것처럼 보였다. 그는 말했다.

"그 다리에 재활 운동만 약간 하면 됩니다. 아마도 지금부터는 지팡이를 사용해야 할 수도 있습니다."

이틀 후 나는 그에게 얼마를 주면 되느냐고 물었던 것 같다. 그는 이렇게 대답했던 것 같다. "한 푼도 줄 필요 없습니다, 대령님. 내게 호의를 베풀고 싶다면, 내가 빳빳하게 굳어서 새벽을 맞이했을 때 약간의 흙을 내 몸 위에 뿌려 주십시오. 내가 필요로 하는 것은 그게 유일합니다. 그래야 독수리들이 나를 먹어 치우지 않을 테니까요."

내게 요구한 약속과 그걸 제안하는 방식, 방 안의 타일 위를 걷는 걸음걸이 속도로 보아 이 사람은 이미 오래전부터 죽어 가기 시작했다는 것을 알 수 있었다. 그리고 불완전한 죽음이 연기되어 실현되기까지는 삼 년이란 세월이 흘러야만 했다. 그날이 바로 오늘이었다. 심지어 나는 그가 밧줄도 필요하지 않았을 것이라고 생각한다. 가벼운 바람만으로도 그의 강인한 노란 눈에 남아 있던 마지막 생명의 깜부기불을 꺼뜨리기에 충분했을 것이기 때문이다. 나는 그가 메메와 함께 살러 이곳으로 오기 전에 그 조그만 방에서 이야기를 나눈 그 밤 이후 이런 모든 것을 예감했다. 그래서 지금 내가 완수할 그 약속을 해 달라고 말했을 때, 나는 전혀 당황하지 않았다. 나는 이렇게만 말했다.

"그건 불필요한 부탁이오, 의사 선생. 당신은 나를 알고, 당신이 내 생명의 은인이 아니더라도, 세상 모든 사람이 반대하더라도 당신을 묻어 줄 것임을 알 거요."

그는 미소 지었고, 처음으로 그 단호하고 강인한 노란 눈이 부드러워졌다.

"당신 말이 모두 사실입니다, 대령님. 하지만 죽은 사람은 저를 묻어 줄 수 없다는 것을 잊지 마십시오."

이제 누구도 이런 수모를 바로잡지 못할 것이다. 읍장이 매장 허가서를 건네주자 아버지는 말했다. "어쨌든 일어날 일이라면 일어나게 되어 있습니다. 그건 마치 연감이 예고하는 것과 같습니다." 그는 아무런 아픔도 느끼지 않고 그렇게 말했다. 내가 태어나기 이전에 죽은 모든 사람의 옷을 보관한 여행 가방을 충실하게 지키면서 마콘도의 운명에 굴복할 때에도 그렇게 냉담했다. 그때부터 모든 것은 내리막길을 걸었다. 새어머니의 왕성한 기운도, 그녀의 엄격하고 지배적인 성격도 쓰라린 고통으로 변했다. 갈수록 그녀는 냉랭하고 말이 없어지는 것 같더니, 너무나 실망이 큰 나머지 오늘 오후에는 난간 옆에 앉아 아버지에게 이렇게 말했다. "나는 심판의 시간이 올 때까지 멍하니 그대로 여기에 있을 거예요."

아버지는 자신의 뜻을 누구에게도 다시는 강요하지 않았었다. 그는 치욕스러운 약속을 지키기 위해 오늘에서야 일어났다. 문을 열고 관에 못을 박기 위해 움직이기 시작한 과히라 원주민들을 보면서, 심각한 결과를 초래하지 않고 모든 일이 진행될 것이라고 확신한다. 나는 그들이 가까이 오는 것을 보고 자리에서 일어나 아이의 손을 잡고 문이 열릴 때 마을 사람들의 눈에 띄지 않도록 의자를 창가 쪽으로 끌고 간다.

아이는 어찌할 바 모른다. 내가 일어나자 뭐라 설명할 수 없는 표정으로, 그러니까 약간 놀란 모습으로 내 얼굴을 쳐다보았다. 그러나 이제는 내 옆에서 당황스러워하며 문의 쇠고리를 열려고 애쓰느라 땀을 뻘뻘 흘리는 과히라 일꾼들을 보고 있다. 녹슨 쇠가 끊임없이 날카로운 소리를 내더니 문이 활짝 열린다. 나는 다시 거리를 본다. 집들을 덮고 있고, 마을을 망가진 가구처럼 처량하게 만든 반짝이면서 뜨겁고 하얀 먼지를 본다. 마치 하느님이 마콘도에게 불필요한 선언을 하고서 구석으로 던져 버린 것 같다. 그렇게 그의 창조 작업에 더 이상 도움이 되지 않는 마을들과 함께 있도록 한 것 같다.

처음에 갑작스럽게 들어온 햇빛으로 눈이 부셨을 아이는 (문이 열리자 내 손을 잡고 있던 아이의 손은 떨었다.) 이내 머리를 들고 무언가에 시선을 집중하고는 내게 묻는다. "저 소리 들려?" 그때서야 나는 옆집 어느 정원에서 물떼새가 시간을 알리고 있는 것을 깨닫는다. "그래." 나는 말한다. "이미 세 시가 되었을 거야." 거의 그 순간 못을 박는 첫 번째 망치소리가 울린다.

닭살 돋게 만드는 그 찢어지는 소리를 듣지 않으려 애쓰고, 내가 혼란스러워한다는 것을 아이가 눈치채지 못하게 하면서, 나는 다시 얼굴을 창문 쪽으로 돌려 다음 블록에서 먼지에 뒤덮인 슬픈 아몬드 나무와 그 뒤에 있는 우리 집을 본다. 눈에 보이지 않는 파괴의 바람에 흔들려 우리 집 역시 조용히 완전하게 무너질 찰나에 있다. 바나나 회사가 쥐어짠 뒤로 마콘도 전체가 그런 모습이다. 집 안은 풀로 가득하고, 골목에 잡초가 무성하며, 벽은 허물어지고 대낮에도 침실에서 도마뱀을 만나기 일쑤다. 우리가 로즈메리와 감송 나무를 키우지 않고부터 보이지 않는 손이 찬장에서 크리스마스 접시들을 깨버리고 누구도 다시는 입지 않는 옷에 좀을 살찌우기 시작한 이후부터, 모든 게 파괴된 것처럼 보인다. 문이 헐렁해져 제대로 닫히지 않아도 어떤 손도 그것을 수리하려고 갈망하지 않는다. 아버지는 쓰러져 평생 절름발이가 되기 전에는 그랬지만 이제 움직일 기운도 없다. 끝없이 돌아가는 선풍기 뒤에서 레베카 부인은 아기도 갖지 못하고 고통스러운 과부 생활로 야기되는 굶주린 사악한 감정을 물리칠 어떤 행동도 하지 않는다. 다리를 저는 아게다는 인내를 요구하는 종교라는 질병에 신음하고 앙헬 신부는 매일 낮잠을 자면서 미트볼로 인해 계속되는 소화 불량을 음미하는 것 이외에는 다른 즐거움이 없는 듯하다. 유일하게 변하지 않는 것은 산헤로니모 동네의 쌍둥이가 부르는 노랫가락과 화요일마다 우리 집에 와서 레몬 나무 가지를 달라는 그 신원 불명의 여자 거지다. 오로지 누구도 싣고 가지 않는 누렇고 먼지가 수북한 기차의 기적 소리만이 매일 네 번씩 침묵을 깰 따름이다. 밤에는 바나나 회사가 마콘도를 떠나면서 남겨 둔 소형 발전기의 통통거리는 소리가 침묵을 깬다.

나는 창문으로 우리 집을 보면서 새어머니가 의자에 앉아 꼼짝도 하지 않은 채 그곳에 있다고 생각한다. 그녀는 아마도 우리가 집으로 돌아가기 전에 이 마을을 지워 버릴 마지막 바람이 지나갈 수도 있다고 생각할 것이다. 그러면 우리를 제외한 모든 것이 사라질 것이다. 그것은 우리가 조부모님, 그러니까 조부모들의 가재도구와 옷들을 보관한 가방과 부모님이 전쟁을 피해 마콘도로 올 때 말들이 사용한 모기장으로 가득한 방 때문에 이 바닥에 단단히 매여 있기 때문이다. 우리는 이제 40미터 땅 밑에서도 뼈를 발견할 수 없을 만큼 오래전에 죽은 사람들의 기억으로 이 바닥에 아로새겨져 있다. 여행 가방들은 전쟁이 끝날 무렵부터 방에 있었다. 그리고 우리가 장례를 마치고 돌아갈 때, 아직 마콘도와 도마뱀으로 가득한 침실들, 기억으로 황폐해진 말없는 사람들을 지워 버릴 마지막 바람이 지나가지 않았다면 가방들은 그곳에 계속 있을 것이다.

갑자기 할아버지가 일어나서 지팡이를 짚고 새 같은 머리를 내민다. 안경은 마치 얼굴의 일부라도 되는 것처럼 굳게 매달린 듯하다. 나는 안경을 쓰고 다니는 건 내게 너무 힘든 일일 거라고 생각한다. 움직이기만 하면 안경이 귀에서 떨어질 것이다. 그런 생각을 하면서 내 코를 가볍게 친다. 엄마가 나를 보고 묻는다. "아프니?" 나는 아니라고, 단지 안경을 쓰고 다닐 수 없을 거라는 생각을 하는 중이라고 말한다. 엄마는 웃으면서 안도의 한숨을 깊이 내쉬고는 말한다. "흠뻑 젖었겠구나." 그건 사실이다, 옷 때문에 피부가 아리다. 마지막 단추까지 잠근 두꺼운 초록색 모직 옷이 땀과 함께 몸에 달라붙어 성가시고 괴롭다. “응.” 나는 말한다. 엄마가 내게 몸을 숙이고서 넥타이의 매듭을 푼 다음 목에 부채질을 해 주며 말한다. “집에 돌아가면 잠시 쉬고 샤워를 할 수 있을 거야.” 나는 “카타우레.”라고 부르는 소리를 듣는다.

이때 뒷문으로 권총을 찬 남자가 다시 들어온다. 문가에 모습을 드러내자 모자를 벗고 마치 시체를 깨울지 모른다는 두려움에 사로잡힌 것처럼 조심스럽게 걷는다. 하지만 할아버지는 소스라치게 놀랐고, 그 남자한테 밀려 앞으로 넘어지면서 비틀거리다가 자기를 넘어뜨릴 뻔했던 남자의 팔을 잡는다. 다른 사람들은 이미 담배 피우는 것을 멈추고 지붕 모서리에 앉은 네 마리의 까마귀처럼 나란히 한 줄로 침대에 앉아 있다. 권총 찬 사람이 들어오자 까마귀들은 몸을 숙이고 몰래 속삭인다. 그중 한 사람이 일어나더니 탁자가 있는 곳까지 걸어와 못 상자와 망치를 집는다.

할아버지는 관 옆에서 그 남자와 대화한다. 남자는 말한다. “걱정 마십시오, 대령님. 분명히 아무 일도 일어나지 않을 겁니다.” 그러자 할아버지가 말한다. “나 역시 아무 일도 일어나지 않을 거라고 생각합니다.” 남자가 말한다. “가장 큰 케이폭 나무들이 있는 공동묘지의 왼쪽 담벼락 바깥쪽에 묻으면 됩니다.” 그러고는 할아버지에게 종이 한 장을 건네면서 말한다. “모든 게 아주 잘 끝날 겁니다. 곧 아시게 될 겁니다.” 할아버지는 한 손으로 지팡이를 짚고 다른 손으로 종이를 받아 재킷 주머니에 넣는다. 거기에는 아주 조그맣고 네모진 황금 줄시계가 들었다. 그런 다음 말한다. “어쨌든 일어날 일이라면 일어나게 되어 있습니다. 그건 마치 연감이 예고하는 것과 같습니다."

남자가 말한다. "몇몇 사람이 창문으로 내다보고 있지만, 그건 순전히 궁금해서 그러는 겁니다. 여자들은 항상 무엇이든 엿봅니다." 하지만 나는 할아버지가 그 말을 못 들었다고 생각한다. 창문으로 거리를 내다보고 있기 때문이다. 남자가 움직이며 침대로 와 모자로 부채를 부치면서 사람들에게 말한다. "이제 못을 박아도 좋네. 그러는 동안 문을 열어 시원한 바람이 좀 들어오도록 하게."

남자들은 움직이기 시작한다. 한 사람은 못과 망치를 들고 상자 위에 몸을 숙이고, 다른 사람들은 문으로 향한다. 엄마가 일어선다. 땀을 흘리고 창백한 얼굴이다. 내 손을 잡고서 의자를 끌어 사람들이 문을 열러 지나갈 수 있도록 나를 한쪽으로 비키게 한다.

처음에 그들은 녹슨 쇠고리에 납땜한 것처럼 보이는 걸쇠를 돌리려고 하지만 그걸 움직일 수 없다. 마치 누군가가 문 반대편에서 온 힘을 다해 잡아당기는 것 같다. 그러나 그 중 한 사람이 문에 기대고서 문을 때리자 방 안에 나무와 녹슨 경첩, 시간이 지나면서 굳게 달라붙은 자물쇠, 서로 엉켜 붙은 금속판 소리가 일어난다. 아주 커다란 문, 두 사람이 서로 어깨를 맞대고 지나갈 정도로 큰 문이 열린다. 잠에서 깬 나무와 쇠가 오랫동안 삐걱거리는 소리를 낸다. 우리가 무슨 일이 벌어지는지 알기도 전에 우리 뒤로 강렬하고 완벽한 햇빛이 방 안에 쏟아진다. 이백 년 동안이나 지탱해 준 버팀대가 이백 마리 황소의 힘에 빠져 버리자 문은 방 안으로 요란스럽게 쓰러지면서 방에 있던 물건들의 그림자를 끌어낸다. 남자들은 정오의 번개처럼 믿을 수 없이 모습을 드러내더니 비틀거린다. 햇빛에 쓰러지지 않도록 중심을 잡아야만 했던 모양이다.

문이 열리자 마을 어느 곳에서 물떼새 한 마리가 노래를 부르기 시작한다. 이제 나는 거리를 쳐다본다. 반짝거리는 뜨거운 먼지를 본다. 맞은편 보도에 앉아 팔짱을 낀 채 방을 바라보는 남자들을 본다. 다시 나는 물떼새의 노래를 듣고 엄마에게 말한다. "들려?" 엄마는 그렇다고, 세 시가 되었을 거라고 대답한다. 하지만 아다가 말하길, 물떼새는 죽음의 냄새를 느끼면 노래한다. 나는 그걸 엄마에게 말하려고 하지만, 그 순간 첫 번째 못의 머리를 강하게 내리치는 망치 소리를 듣는다. 망치는 때리고 또 때리고, 방 전체를 그 소리로 가득 메운다. 그는 잠시 쉬더니 다시 때리면서 여섯 번이나 계속 나무에 상처를 입히고, 잠들었던 나무판자의 길고 슬픈 외침을 깨운다. 그동안 엄마는 얼굴을 다른 쪽으로 돌리고 창문으로 거리를 내다본다.

망치질이 끝나자 여러 물떼새의 노래가 들린다. 할아버지는 일꾼들에게 신호를 보낸다. 일꾼들이 몸을 숙여 관을 기울인다. 모자를 들고 한쪽 구석에 있던 남자가 할아버지에게 말한다. "걱정 마십시오, 대령님." 그러자 할아버지는 초조한 표정으로 다시 구석을 향한다. 목이 마치 싸움닭처럼 붉게 부풀어 있다. 그러나 아무 말도 하지 않는다. 구석에서 다시 말을 잇는 사람은 그 남자다. 그가 말한다. "심지어 나는 마을에서 이것을 기억할 수 있는 사람이 아무도 없을 거라고 믿습니다."

그 순간 나는 정말로 배가 떨리는 것을 느낀다. 나는 생각한다. '이제는 정말 저 뒤로 가고 싶어.' 하지만 너무 늦었다는 것을 깨닫는다. 남자들은 마지막 애를 쓴다. 바닥에 뒤꿈치를 굳게 대고 몸을 편다. 그러자 마치 죽은 선박을 묻으러 가는 것처럼 관이 햇빛 속에 떠다닌다.

나는 생각한다. '이제 냄새를 느끼게 될 거야. 이제 물떼새가 모두 노래를 부르기 시작할 거야.'

작품 해설

마술적 사실주의와 마콘도로 들어가는 길

1. 가브리엘 가르시아 마르케스의 삶과 문학

가브리엘 가르시아 마르케스는 1927년 3월 6일 콜롬비아의 카리브 해안에서 그리 멀지 않은 바나나 농장 마을 아라카타카에서 태어났다. 어머니 루이사 산티아가 가르시아 마르케스 이과란은 아메리카 원주민들이 많이 사는 과히라 지방 출신이었다. 외할아버지 니콜라스 마르케스 대령은 자유당과 보수당 사이에 벌어진 천일전쟁 때 동료를 살해한 후 가족을 이끌고 아라카타카로 이주했다. 가르시아 마르케스가 태어났을 당시 자유당이 전쟁에서 패했지만 자유당 당원이었던 외할아버지는 아라카타카 마을의 주요 지도자 중 한 사람이었다.

아버지 가브리엘 엘리히오 가르시아는 서쪽 볼리바르 지방 출신의 전신 기사로 보수당 지지자였다. 외조부모는 딸과 가브리엘 엘리히오의 결혼을 결사적으로 반대하며 딸을 일 년 동안 먼 곳으로 보냈지만 결국 뜻을 굽혀야 했다. 두 사람은 1926년 결혼해 과히라 지방의 해안 도시인 리오아차에서 신혼 살림을 시작했다.

몇 달 후 루이사 산티아가는 첫 아이를 낳기 위해 아라카타카로 돌아왔다. 그 무렵 가브리엘 엘리히오는 전신 기사 업무에 싫증을 내고 동종요법 치료사로 자리를 잡았다. 가르시아 마르케스가 한 살도 되기 전에 젊은 부부는 외조부모에게 아이를 맡긴 뒤 둘째 아이인 루이스 엔리케만 데리고 또 다른 카리브 해안 도시 바랑키야로 이사했다. 가르시아 마르케스는 일곱 살이 될 때까지 부모와 두세 번밖에 만나지 못했고 외할아버지 니콜라스 대령과 외할머니가 부모를 대신했다. 나중에 몸이 허약한 여동생 마르곳이 아라카타카로 와서 함께 살게 된다.

부모 없이 칠 년을 보내는 동안 가르시아 마르케스는 외할아버지의 자랑이자 기쁨이었다. 가르시아 마르케스는 외할아버지를 우상처럼 여겼고, 외할아버지의 눈을 통해 아라카타카를 비롯한 세상의 삶을 바라보았다. 무엇보다도 나중에 그의 삶에서 신화적 위치를 차지한 두 가지 역사적 사건에서 교훈을 얻었다. 외할아버지가 용감무쌍하게 싸운 천일전쟁과 1928년 12월, 가르시아 마르케스가 두 살도 안 되었을 무렵 콜롬비아 군부가 시에나가에서 자행한 유나이티드 프루트 회사 파업 노동자 대학살이다. 두 사건은 그의 작품에서 매우 중요한 위치를 차지하며 여러 작품에서 반복하여 언급된다.

한편 가톨릭 신앙과 그 지역의 미신이 혼합된 전혀 평범하지 않은 세계관을 지닌 외할머니에게서도 많은 영향을 받았다. 후에 가르시아 마르케스는 외할아버지의 이성적 세계와 외할머니의 신화적 관점을 조화롭게 융합하게 된다. 이십 년이 지나 소설 작품에서 마콘도라는 이름으로 아라카타카를 재창조하며 유년 시절의 멋진 경험을 이용해 작은 마을에 마술적 삶을 불어넣은 것이다. 그리고 완강하고 고집쟁이인 작중 인물 아우렐리아노 부엔디아 대령을 탄생시킨다.

1934년 가브리엘 엘리히오가 루이사와 함께 아라카타카로 돌아왔다. 당시 건강이 몹시 악화되어 있었던 외할아버지 마르케스 대령이 1937년 세상을 떠났다. 나중에 가르시아 마르케스는 그의 죽음 이후 "어떤 중요한 일도 내게 일어나지 않았다."라고 고백했다.

어머니와 아버지, 그리고 다섯 형제자매로 이루어진 가족은 다시 아라카타카를 떠나 바랑키야로 돌아갔다. 가브리엘 엘리히오는 다시 동종요법 약국을 개업하지만 오래 가지는 못했다. 그는 돌팔이 의사로 내륙 지방을 떠돌아다니면서 가족의 경제 문제를 책임졌다. 장남인 가르시아 마르케스는 집안이 정말로 가난하던 시기에 최선을 다해 어머니를 도와야 했다. 마침내 가브리엘 엘리히오는 강마을 수크레에서 의료인으로 자리를 잡았다. 가족은 1940년 그곳으로 옮겨 이후 십일 년 동안 머무른다. 그러나 가르시아 마르케스는 바랑키야로 보내져 학교를 다니다 1943년 국가 장학금을 받아 보고타 근교 시파키라의 기숙 중고등학교에서 공부했다. 이런 이유로 후에 그는 가족에 대해 거의 모른다고 주장하게 된다. 사실 가르시아 마르케스가 시파키라 중고등학교를 마친 1946년 열한 명의 동생들은 거의 다 자라 있었다. 이것은 가브리엘 엘리히오가 낳은 네 명의 배다른 동생들을 제외한 숫자다.

시파키라 국립 중고등학교에서 가르시아 마르케스는 콜롬비아 전역에서 온 학생들과 함께 아주 우수한 교사들로부터 훌륭한 교육을 받았다. 특히 콜롬비아의 유명한 시인 에두아르도 카란사에게서 시를 배웠고, 그 영향으로 시적인 문체를 구사하게 되었다. 그는 별나고 야릇한 학생이었지만 곧 똑똑하다는 사실이 분명해지면서 가장 뛰어난 학생 중 하나로 평가받았다.

1947년 1월 가르시아 마르케스는 마지못해 보고타의 콜롬비아 국립 대학에 진학해 법학을 공부한다. 그 당시 대부분의 라틴아메리카 대학에서는 법학 아니면 의학만 선택할 수 있었다. 그러나 그는 이미 시파키라에서 시를 쓰기 시작했고, 이제 단편 소설을 쓰기 시작했다. 그중 하나인 「세 번째 체념」이 그해 9월 보고타의 주요 일간지 《엘 에스펙타도르》에 게재되었다. 그러면서 마르케스는 스무 살에 갑자기 콜롬비아에서 가장 문학적 재능이 뛰어난 사람 중 하나로 주목을 받았다. 그런데 1948년 4월 콜롬비아의 자유당 대통령 후보이자 유력한 차기 대통령이었던 호르헤 엘리에세르 가이탄이 살해되면서 보고타 사태가 발발했다. 내전이나 다름없던 이 '폭력 사태'는 거의 이십 년 동안 계속되면서 콜롬비아를 폭력에 찌들게 만들었다.

보고타 폭력 사태로 학교가 문을 닫자 해안 도시 카르타헤나로 옮긴 마르케스는 창간된 지 얼마 안 되는 자유당 신문 《엘 우니베르살》에서 일자리를 구했다. 그리고 이후 십삼 년 동안 콜롬비아뿐만 아니라 해외에서도 기자로 일하면서 생활비를 벌고 남는 시간에 소설을 쓴다.

가르시아 마르케스의 취향과 반대로 카르타헤나는 지나치게 전통적이고 보수적이었다. 가르시아 마르케스는 1950년 당시 콜롬비아에서 경제가 가장 역동적으로 움직이던 바랑키야로 옮겨 《엘 에랄도》 신문사에서 일한다. 이곳에서 보헤미안 문학인들을 만나는데, 후에 '바랑키야 그룹'이라고 알려진 이 그룹은 가르시아 마르케스의 지적 호기심을 자극했을 뿐만 아니라 놀이의 중요성을 알려 주었다. 그 무렵 가르시아 마르케스의 세계관에 엄청난 영향을 끼쳤던 조부모의 집을 팔기 위해 어머니와 함께 아라카타카를 방문한다.

당시에 가르시아 마르케스는 '집'이라는 소설을 쓰고 있었지만 그 작품은 완성되지 못했다. 그는 새 작품에 착수하는데 바로 『썩은 잎』이다. 작은 마을의 주민들과 도덕적 문제로 곤란한 상황에 처해 있던 한 남자에 관한 이야기로, 그는 외할아버지 마르케스 대령을 연상시킨다. 작품의 배경이 되는 마을 마콘도는 아라카타카에 바탕을 두고 있다. 다른 주요 인물들은 가르시아 마르케스나 그 어머니 루이사와 분명한 유사성을 지닌다.

이 소설은 1955년 5월에 출간된다.

1951년에 가르시아 마르케스의 가족은 이웃집 아들이 끔찍하게 살해된 이후 수크레를 떠났다. 그들은 이를 점점 무서워지고 위협적으로 변해 가는 환경 때문에 연이은 불행 중 하나로 보았다. 가족들은 카르타헤나에 정착했고 그 역시 함께 지내었지만, 이내 바랑키야로 되돌아왔다. 1953년 그는 자신의 외할머니가 태어났던 과히라를 돌아다니면서 백과사전을 팔았다. 이 경험은 가르시아 마르케스에게 자기가 태어나고 자랐던 곳의 문화와 정체성을 이해하는 데 매우 중요한 역할을 했다. 다음 해 보고타에서 알게 된 친구 알바로 무티스가 보고타에 일자리를 얻어 주어 그는 자유당 계열의 신문사《엘 에스펙타도르》에서 일하기 시작했다. 당시 콜롬비아는 군사독재 치하였다. 그는 먼저 영화 비평가로 일했으며, 그 후에 기자로 일했는데, 몇 달 안 되어 어렵고 힘든 정치 상황 속에서 콜롬비아의 가장 유능한 보도 기자 중의 하나로 인정받았다.

1955년 7월,《엘 에스펙타도르》신문사의 파견으로 그는 잠시 제네바를 들르고서 로마로 향했다. 그곳에서 영화 공부, 특히 이탈리아의 네오리얼리즘에 관심을 보인 그는, 또한 비밀리에 동유럽을 여행했는데, 그것은 그가 당시 사회주의 정책에 깊은 관심을 갖고 있었기 때문이었다. 1956년 초에 파리로 거처를 옮겼으나, 미처 몇 주 머무르지도 않았을 때, 로하스 피니야 독재 정권은《엘 에스펙타도르》신문을 폐간시키고, 가르시아 마르케스는 귀국 비행기표를 현금으로 바꾸었다. 그는 최대한 돈을 아껴 가며 지내기로 마음먹고서 보다 많은 소설을 쓰려고 애를 썼다. 그는 나중에『불행한 시간』이라고 제목을 붙이게 되는 작품을 집필했으나, 그 작품에서 파생

된 일화를 먼저 작업하고자 쓰고 있던 소설을 잠시 중단했다. 그 작품이 바로 『아무도 대령에게 편지하지 않다』이며 이것은 그해 연말에 마무리되지만 1961년이 되어서야 출간된다. 무대가 되는 마을의 이름은 구체적으로 나타나지 않았으나 그곳은 수크레와 몹시 흡사했다. 이 작품은 오랜 세월이 흘러서야 비로소 짧은 대작이라는 평가를 받게 되었다.

작품을 탈고한 가르시아 마르케스는 소비에트연방을 포함한 동유럽을 오랫동안 방문하고, 런던에서 몇 주를 머물면서 나중에 단편집 『마마 그란데의 장례식』에 수록될 단편을 몇 편 집필했다. 그러고서 그의 친구인 플리니오 아풀레요 멘도사가 베네수엘라의 《순간(Momento)》이라는 잡지사에 일자리를 구해 주자, 카라카스로 옮겼다. 도착 당시는 악명 높은 페레스 히메네스 독재 정권이 본격적으로 몰락하던 시기로, 그해 말 20세기 라틴아메리카 역사에서 가장 중요한 사건이라고 불리는 쿠바 혁명이 성공하게 된다. 당시 가르시아 마르케스는 어릴 때부터 사랑했던 메르세데스 바르차와 결혼한 몸이었다. 그렇지만 그는 혁명 초기에 쿠바로 가서 갓 창설된 통신사 '라틴 통신'의 보고타 지부장을 맡게 되었다. 여섯 달을 쿠바에서 보낸 후 그는 그 통신사의 뉴욕 지부장으로 파견되고, 미국의 지원을 받은 용병들이 쿠바의 피그스 만을 침공하다가 혁명군에게 패배하는 사건이 발생했다.

혁명은 성공했지만, 가르시아 마르케스는 공산당 강경 노선주의자들과 어려움을 겪고, 결국 '라틴 통신'을 떠나기로 결정, 멕시코에서 일자리를 찾았다. 그는 영화계에서 쉽게 일을 구할 것이라고 낙관했다. 그러나 그와 메르세데스, 1958년에 태어난 로드리고와 1962년에 태어난 곤살로는 경제적으로 매우 궁핍한 삶을 살게 되었다. 가르시아 마르케스는 황색 언론을 위해 일하거나 시나리오 따위를 쓰며 힘들게 돈을 벌었다. 그러다가 마침내 1965년 중반에 아카풀코를 향해 운전하던 중 갑자기 쓰고 싶은 소설의 첫 대목을 떠올리고, 그 영감을 그대로 간직한 채 멕시코시티로 돌아와 작품을 쓰는 데 매진했다.

그리고 그 작품은 바로 20세기 세계 문학에서 가장 중요한 소설 중의 하나이자 의심할 여지없이 가장 널리 알려진 라틴아메리카 작품인 『백년의 고독』이었다. 소설을 쓰는 데에는 1년이 넘게 걸렸는데, 그동안 메르세데스는 물건을 전당포에 맡기면서 가계를 유지했다. 마침내 소설이 완성되었을 때, '붐 소설'의 대표 작가인 멕시코의 카를로스 푸엔테스를 비롯한 그의 친구들은 이 작품을 라틴아메리카 대작 중의 하나라며 칭찬을 아끼지 않았다.

소설은 1967년에 부에노스아이레스에서 출간되었고, 즉시 선풍적인 인기를 끌었다. 가르시아 마르케스는 자기가 라틴아메리카 작가들 중 처음으로 글만 써서 먹고 살 수 있을 것이라 확신하고서 가족을 데리고 그의 문학 에이전트가 있던 스페인의 바르셀로나로 향했다. 당시 스페인은 프랑코 독재 체제의 말기였다. 그와 새로 알게 된 페루 소설가 마리오 바르가스 요사도 그를 따라 곧 바르셀로나를 향했다.

이제 유명 인사가 된 가르시아 마르케스는 다음 소설을 쓰기 시작했다. 그것은 늙은 라틴아메리카 독재자에 관한 것으로, 수많은 독자들이 애타게 기다리던 『족장의 가을』은 마침내 1975년에 출간되었다. 1960년대 말 새로운 독재 체재의 먹이가 되어 버린 라틴아메리카에서 독자들은 가르시아 마르케스의 다음 작품을 엄청나게 기대했고, 그러한 압력 아래서 발표된 작품은 라틴아메리카 독재자의 초상화일 뿐만 아니라, 하루아침에 그를 전례 없는 명성의 회오리바람 속으로 빨려 들게 한 자전적인 작품이기도 했다.

당시 라틴아메리카에서는 문학과 정치의 리트머스 시험지라고 불리던 쿠바의 '파디야 사건'이 발생하고, 라틴아메리카 작가들이 두 개의 적대적 진영으로 나뉘면서 가르시아 마르케스가 대표하던 '붐 소설'은 종지부를 찍었다. 그는 파디야 사건 동안 쿠바 공산주의 체제를 지지했는데, 그 결정은 이후 그의 삶에 오랫동안 영향을 끼쳤다. 1973년 칠레의 살바도르 아옌데가 진두지휘한 사회주의 정권이 무너지자, 가르시아 마르케스는 군사 쿠데타로 집권한 세력이 무너지지 않는 한 『족장의 가을』 이후 더 이상의 소설을 출간하지 않겠다고 공개적으로 밝힌다. 그러면서 그는 다시 언론인으로 선회하여 독재 반대 운동을 벌이고, 보고타에서 《대안》이라는 이름의 급진 사회주의 잡지를 창간했다. 그는 그렇게 바르셀로나를 떠나 다시 멕시코에 정착하고, 죽을 때까지 그곳에 머물렀다.

그러나 1975년, 매우 아이러니하게도 『족장의 가을』을 끝마치고 얼마 지나지 않아 가르시아 마르케스는 쿠바 혁명 정부의 지도자인 피델 카스트로와 절친한 친구가 되었으며, 니

카라과의 산디니스타 운동(1979)을 포함한 라틴아메리카 좌익 혁명을 위해 펜을 들게 되었다. 사실 그 당시 세계 전역에는 반혁명의 바람이 불고 있었고, 1981년에 이르러 그는 자기가 보다 현명하고 교묘하게 혁명에 공헌해야 했다고 인정했다. 그는 이후에 정치 투쟁적 요소를 전혀 찾아볼 수 없는 짧은 소설 『예고된 죽음의 연대기』를 출간했다. 이 작품의 초판은 라틴아메리카 소설사에서 유래를 찾아볼 수 없는 100만 부였으며, 작품 제목 일부는 거의 매일 신문의 헤드라인에 인용되었다. 동시에 그는 막후에서 보다 신중하게 정치적 역할을 수행하기 시작했다. 그는 1982년 노벨 문학상 수상자로 결정되면서, 정치에서 외교로 전환하는 시기를 맞이한다. 스톡홀름 여행은 그를 신격화시켰으며, 나아가 그는 노벨 문학상 수상 역사에서 가장 인기가 많은 수상자 중의 하나가 되었다.

이때까지 그의 작품은 권력과 고독, 정치 폭력이라는 주제를 다루고 있었다. 그러나 사회주의자들은 극히 힘든 시기를 보내고 있었으며, 그 역시 글쓰기 정신을 계속 유지할 필요가 있다는 사실을 깨닫고 공공연한 정치 투쟁과 어느 정도 거리를 두기로 했다. 한편으로는 그런 거리를 보완하기 위해 개인적인 문제에 대한 글을 쓰기 시작했다. 조금 더 구체적으로 말하자면, 그의 초기 작품에 거의 존재하지 않은 '사랑'에 관해 쓰기로 마음먹은 것이다. 1985년 말에 그는 가장 대중적이라는 평가를 받는 『콜레라 시대의 사랑』을 발표했다. 1920년대 극적인 연애를 했던 자기 부모의 일화에서 영감을 얻은 이 작품은, 그가 노벨 문학상의 무게에 짓눌려 괴로워하는 작가 중의 하나가 되지 않을 것이라는 사실을 만천하에 보여 주었다.

1989년, 베를린 장벽을 무너뜨리는 사건들이 일어나기 시작하면서 가르시아 마르케스는 가장 모험적이고 야심찬 작품 중의 하나를 출간했는데, 그 소설은 바로 『미로에 빠진 장군』이다. 이 작품은 라틴아메리카의 해방자라고 불리는 시몬 볼리바르의 생애 마지막 몇 달에 관한 것으로, 가르시아 마르케스의 친구인 피델 카스트로보다 더욱 널리 알려진, 영향력 있는 사람이었다. 몇몇 독자는 이 소설이 볼리바르를 카리브 해의 인물로 바꾸면서 인물을 왜곡했다고 비판했지만, 대부분의 비평가들은 그토록 유명한 인물의 초상을 너무나 설득력 있게 그렸다는 점에서 놀라움을 금치 못했다.

20세기 말 가르시아 마르케스는 세계에서 가장 유명하고 존경받는 작가 중의 하나였다. 스페인의 펠리페 곤살레스 총리와 프랑스의 프랑수아 미테랑 대통령을 포함, 세계의 많은 대통령과 유명 인사들이 그의 친구였다.

그는 스페인이 아메리카 발견 500주년을 기념하던 해에 신세계와 구세계(유럽)의 관계를 아이러니한 관점으로 바라보는 『열두 편의 방황 이야기』를 출간한 뒤 이 단편집의 관점을 그대로 취하면서 사랑에 관한 내용을 발전시킨 또 다른 역사소설 『사랑과 다른 악마들』을 발표했다. 이 작품은 18세기 카르타헤나를 배경으로 마녀라는 혐의를 받은 10대 소녀와 가톨릭 신부와의 사랑을 서술하고 있다.

1940년대 말부터 지속된 암울한 상황은 점차 심화되어 1980년대 콜롬비아는 역사상 최악의 시기를 보냈다. 그 시기

메데인 카르텔을 중심으로 이루어진 마약 밀매를 비롯해 정부군과 좌익 게릴라, 우익 민병대가 치열한 전쟁을 벌였으며, 수많은 폭탄이 터지고 정치인 살해가 빈번하게 일어났다. 혁명을 겪은 멕시코나 쿠바와 달리, 콜롬비아는 자체 개혁을 하지 못할 것이라고 굳게 믿고 있던 가르시아 마르케스는 거의 40년 동안 지켜 왔던 지론을 깨고 『불행한 시간』과 같은 현대 상황에 관한 작품을 다시 집필하기 시작했다. 『납치 일기』는 1990년대 초 콜롬비아를 강타했던 정치인 납치에 관한 일종의 기록 소설이다.

1992년 5월에 보고타에서 폐암 수술을 받은 가르시아 마르케스는 1999년에 림프암 진단을 받았다. 그는 암과 투병하면서 거의 3년 동안 공개석상에 나타나지 않고 과거를 회상하는 작품을 쓰면서 그 안에 자신의 여정이 거의 마무리되고 있다는 느낌과 사회주의가 무너진 이후의 정치적 체념을 담아냈다. 한편 수십 년 전부터 회고록을 쓰겠다고 말해 온 그는 한 권의 회고록을 만드는 데 매진하는데, 그 결실이 바로 『이야기하기 위해 살다』이다. 이 작품은 2002년에 출간되자마자 세계적인 베스트셀러가 되었다.

이후 몇 년 동안 가르시아 마르케스는 다시 공식석상에 모습을 보이면서도 언론과 인터뷰는 하지 않았다. 그는 자신의 마지막 작품이 될 『내 슬픈 창녀들의 추억』에 주력했다. 아흔 살의 미혼 남성과 노인의 욕망을 채워 주기 위해 조달된 열네 살 처녀와의 관계를 다룬 이 짧은 소설은 2004년에 출간되어 전 세계적으로 평단과 독자의 호평을 받았다.

2007년에 스페인 왕립 언어 학술원은 가르시아 마르케스의 여든 번째 생일을 맞아 카르타헤나에서 기념 강연을 열어 그를 기렸다. 카르타헤나는 그가 카리브 해의 별장으로 지은 저택을 가지고 있는 곳이기도 했다. 학술원에서는 세르반테스와 그를 비견하면서, 『백년의 고독』 특별판을 100만 부 제작해서 출간했다. 스페인 국왕, 미국 빌 클린턴 전 대통령, 콜롬비아의 여러 전 대통령들을 비롯해 멕시코 소설가 카를로스 푸엔테스와 아르헨티나 작가 토마스 엘로이 마르티네스 같은 그의 문학 친구들도 그 기념식에 참석했다. 가르시아 마르케스는 팔순 기념 강연에서 가장 유명한 작품을 썼던 힘든 시기를 떠올리면서 자신의 삶이 바뀐 것에 놀라움을 감추지 않았다.

그 이후 기억력 감퇴 등 노후의 징후를 보인 그는 2014년 3월 6일 자신의 여든일곱 번째 생일에 집 앞으로 나와 기자들에게 인사하면서 생일 축하 노래를 불렀다. 그것이 바로 그의 마지막 모습이었다. 그해 4월 17일 성목요일 가르시아 마르케스는 세상을 떠났다.

'20세기의 세르반테스'라고 불리는 그는 스페인어권의 가장 위대한 작가였고, '마술적 사실주의'라는 현대 예술 사조의 선구자이자 최고봉이었다. 또한 한편으로는 유명 운동선수나 영화배우에 버금가는 인기를 누리며 세계 독자를 사로잡으며 사랑을 한몸에 받은 작가였다. 이제 그는 세상을 떠나 신화의 세계로 들어갔지만, 그가 자서전에서 말했듯, 삶은 한 사람의 생애 그 자체가 아니라, 현재 그 사람을 어떻게 기억하고 어떻게 이야기하느냐는 문제이다. 이제 그의 육신은 사라졌지만, 우리가 그의 작품을 계속 읽고 그를 기억하며 그에 관한 이야기를 하는 동안 그는 언제까지나 살아 있는 것이다.

2. 『썩은 잎』은 어떤 작품인가

1970년대 초에 가르시아 마르케스에 관한 대표적 비평서를 쓴 마리오 바르가스 요사는 현실(작가의 경험과 사회정치적 맥락)과 상상(작가의 작품)의 관계를 '악령'을 통해 설정한다. 여기서 '악령'은 가르시아 마르케스가 현실에 반항하여 작품 속에서 그 현실을 재구성하게 만든 부정적 경험을 일컫는다. 바르가스 요사는 이런 실제 삶의 '악령'이 작품의 주제를 구성한다고 지적한다. 그가 나열한 가르시아 마르케스의 '악령'은 크게 세 부류로 나뉜다. 첫째는 '개인적 악령'으로 여기에는 가르시아 마르케스가 어린 시절을 보냈던 외조부모의 집, 외조부모, 더위, 폭우 등이 해당한다. 둘째는 '역사적 악령'이며 이는 주로 내전과 바나나 농장 회사의 절정과 몰락, 그리고 그 결과로 구성된다. 셋째는 '문화적 악령'이고 윌리엄 포크너, 어니스트 헤밍웨이, 소포클레스, 버지니아 울프, 프랑수아 라블레, 『천 하룻밤 이야기』, 보르헤스, 대니얼 디포, 카뮈 등이 여기에 해당한다.

『썩은 잎』은 가르시아 마르케스가 불과 스물세 살인 1950년에 쓰기 시작해서 1951년에 완성하지만 1955년이 되어서야 출간된다. 이 작품은 작가의 고향인 아라카타카에 바탕을 두고 허구로 창조된 마콘도를 배경으로 삼는 첫 소설이다. 그래서인지 소설의 중심인물들이 거주하는 집은 작가가 태어난 외조부모의 집과 유사하다. 또한 이 소설은 버지니아 울프와 윌리엄 포크너의 영향을 보여 준다. 특히 포크너의 『내가 죽어 가는 동안』과 울프의 『댈러웨이 부인』을 읽으면 가르시아 마르케스가 그 작가들의 작품이 발표된 지 이십 년이 지난 후 라틴아메리카에서 그 작품들을 다시 쓴 것 같은 인상을 지울 수가 없다. 다시 말해 가르시아 마르케스가 자신을 사로잡고 있던 '악령'을 어떻게 떨쳐 버리는지를 처음으로 드러내는 작품이다.

이 소설에는 세 명의 중심인물이 등장한다. 바로 퇴역 대령과 남편에게 버림받은 대령의 딸 이사벨, 그리고 그녀의 열 살짜리 아들이다. 이들은 가르시아 마르케스와 어머니 루이사 산티아가 마르케스, 외할아버지 니콜라스 마르케스 대령에 바탕을 둔다. 소설에서 소년의 아버지 마르틴은 자취를 감춘 상태다. 새어머니 아델라이다는 상상의 산물이다. 틀림없이 이렇게 상상으로 재편하면서 실제로 아버지를 증오했던 가르시아 마르케스는 머릿속으로 유년 시절을 실제와 매우 다르게 그린다. 소설 속 아이는 한 번도 아버지에 관해 생각하지 않으며, 그에 관해 한 번도 궁금해하지 않는다. 반면에 이사벨은 아이가 아버지처럼 되지 않을까 걱정한다.

『썩은 잎』은 정확하게 1928년 9월 12일 오후 두 시 삼십 분부터 세 시까지를 다룬다. 주요 작중 인물 세 명은 의사의 시체가 있는 건너편 집에 앉아 있다. 그곳은 작품에서 '의사'라고만 불리는 네 번째 인물의 집이다. 대령의 친구이자 외지인이며 절름발이이고 20세기 초에 일어난 어느 유럽 전쟁의 생존자다. 지난밤 이 의사가 죽었고, 세 사람은 의사의 시체를 마을 묘지로 옮기기 전에 그곳에서 시체를 지켜본다.

그러나 묘지로 옮기는 데에는 두 가지 커다란 문제가 있다. 하나는 의사가 자살했다는 이유로 마을 사제가 매장을 허락하려 들지 않는 것이다. 마을 읍장도 시체를 옮기는 것을 꺼려한다. 부정 선거를 규탄하는 시민들에게 군인들이 총격을 가했을 때 의사가 부상자 치료를 거부했고, 그 일로 지난 십 년 동안 마콘도에서 극히 평판이 좋지 않았기 때문이다. (그런데 이 사건은 겉으로 보이는 것보다 훨씬 복잡하다. 마을 사람들이 뒷공론과 험담을 통해 소요 사태가 일어나기 몇 년 전부터 의사를 적대시하고 있었기 때문이다.) 충분히 예측할 수 있듯이 그들이 밖으로 나가려는 순간에 작품은 끝난다. 그래서 독자들은 그들에게 무슨 일이 일어났는지 결코 알 수 없지만 아마도 중심인물들이 서부 영화에서처럼 거리로 나가 마을 사람들의 적개심과 맞설 것이며, 그들의 삶이 영원히 바뀔 것임을 익히 추측할 수 있다.

3. 작품의 중요 사건과 구조

『썩은 잎』은 작품은 20세기 초반 콜롬비아 카리브 해 지역에서 활동한 유나이티드 프루트 회사가 야기한 피해를 직접 언급하면서 주인공 가족이 마콘도로 이사 온 이후부터 1928년까지의 일을 이야기한다. 『썩은 잎』에 서술된 가장 중요한 사건들을 정리하면 다음과 같다.

19세기 말　외조부 일가가 부유한 봉건 영주처럼 살았음.

1898년　외조부 일가가 전쟁을 피해 도망쳐 마콘도에 정착함. 이사벨이 태어나고 출산 도중에 '외조모'가 세상을 떠남.

1899년　외조부가 아델라이다와 재혼함.

1903년　의사가 마콘도에 도착해 외조부의 집에서 살게 됨. 그는 마을에서 유일하고 능력 있는 의사이지만 이상하고 두려운 존재임.

1907년　바나나 회사가 도착하면서 방탕한 삶과 부정부패가 온 마을에 퍼짐. 의사는 회사가 고용한 의사들 때문에 손님을 잃고 방 안에 틀어박힘.

1908년　바나나 회사가 설치한 철도가 운영되기 시작함. 의사는 유폐된 공간에서 나와 사람들과 사이좋게 지냄.

1909년　의사가 이발사의 딸을 사랑한다는 소문이 돎. 갈수록 무뚝뚝해지고 죽음의 첫 싹이 보임.

1911년　메메가 의사의 아이를 가짐. 두 사람은 외조부의 집에서 나와 외딴집에 살기 시작함. 십칠 년 동안 의사는 집 밖을 나오지 않음.

1915년 바나나 회사가 철수하고 사람들은 과거로 돌아가지 못함. 이사벨이 처음으로 마르틴을 만남.

1916년 이사벨과 마르틴이 결혼함.

1918년 의사가 메메를 죽였다는 소문이 돎. 마을 사람들이 의사를 죽이려고 하지만 마을 주임 신부인 '퓻내기'의 개입으로 실패함. 선거를 치르는 동안에 마을이 군인들의 공격을 받음. 의사가 부상자 치료를 거부하자 마을 사람들은 그가 죽으면 시체를 매장하지 않겠다고 공언함.

1919년 마르틴이 알 수 없는 사업을 벌이기 위해 외조부의 돈을 가지고 떠난 뒤 다시는 돌아오지 않음.

1924년 교구 신부 '풋내기'가 죽고 앙헬 신부가 부임함.

1925년 의사가 외조부의 목숨을 구함. 외조부는 그가 먼저 죽으면 매장해 주겠다고 약속함.

1928년 의사가 목을 매어 자살함.

한편 작품 구성을 보면, 열한 개 장에 걸쳐 스물여덟 개의 조각이 배치되어 있다. 각 조각의 화자는 다음과 같다. (1) 아이, (2) 어머니, (3) 아이, (4) 외할아버지, (5) 어머니, (6) 외할아버지, (7) 어머니, (8) 외할아버지, (9) 외할아버지, (10) 아이, (11) 외할아버지, (12) 어머니, (13) 아이, (14) 외할아버지, (15) 어머니, (16) 외할아버지, (17) 어머니, (18) 어머니, (19) 외할아버지, (20) 외할아버지, (21) 아이, (22) 외할아버지, (23) 어머니, (24) 외할아버지, (25) 어머니, (26) 외할아버지, (27) 어머니, (28) 아이 순서로 이루어져 있다.

이렇게 할아버지가 열두 개, 이사벨이 열 개, 아이가 여섯 개 장을 각각 서술한다. 세 인물은 세 세대의 대표자이고, 경험과 지식이 상이하며, 도덕적 관점도 다르고 권위의 수준도 다르다. 대령이었던 외할아버지는 과거 모든 사건을 실제로 경험했고 가족의 삶에서 모든 중요한 결정을 한 장본인이다. 그는 의사를 누구보다 잘 알며, 의사의 매장은 대령의 강철 같은 권위에 따른 의지를 필요로 한다. 또한 과거에 대한 대부분의 정보를 제공하는 사람이기도 하다. 한편 딸이자 아이의 어머니인 이사벨은 서른 살이며, 의사가 마을에 도착했을 때 다섯 살에 불과했다. 그녀는 새어머니 아델라이다에게 이야기를 들어 의사가 그 조그만 방에 처박혀 살게 된 사건들을 알고 있다. 그녀의 의식은 앞으로 일어날지도 모르는 일에 대한 두려움과 메메와 마르틴에 대한 기억으로 가득하다.

열한 살 된 아이는 현재 상황을 초래한 원인인 과거를 모른다. 아이는 종종 친구들을 생각하고, 아다라는 여자아이를 떠올린다. 그러나 아이는 상대적으로 자유로운 의식을 지녔고, 그렇게 그 악몽 같은 삼십 분 동안 눈에 들어오는 사소하고 구체적인 사항을 누구보다도 잘 관찰한다. 이제 이 소설이 아이의 서술로 시작해 아이의 서술로 끝난다는 점을 눈여겨볼 필요가 있다. 이는 아이의 서술이 차지하는 분량은 가장 적지만 외할아버지와 어머니가 지닌 무거운 짐에서 해방될 수 있고 미래에 대해 생각할 유일한 인물임을 상징적으로 보여 준다.

이 작품은 세 인물의 일인칭 시점으로 서술된다. 앞서 언급한 세 중심인물 이외에 다른 화자는 등장하지 않는다. 단지 '머리말'로 여겨질 도입 부분에서 익명의 화자가 마콘도 멸망에 대해 설명하면서 최후의 파멸을 예견할 뿐이다. 이런 기법은 등장인물들이 분명하게 생각하지 못했거나 말하지 못했을 만한 것을 보여 주는 데 매우 효과적이다. 또한 여러 조각들의 관계를 설명하는 대신 병치함으로써 짧은 분량 안에 많은 정보를 수록하는 장점도 있다. 그래서 이 소설을 읽는 것은 마치 퍼즐 맞추기와 흡사하다.

이런 문학 기법을 통해 가르시아 마르케스는 시간과 공간을 정확하게 구성하고, 작중 인물의 의식을 통해 사건을 서술하며, 그들의 생각과 감정을 비롯해 육체적 느낌까지도 직접적으로 전달한다. 그는 조이스와 울프, 포크너의 작품을 통해 자신이 필요한 문학 기법을 배웠다. 『썩은 잎』은 20대의 가르시아 마르케스가 그들의 문학 기법을 어떻게 적절하게 사용했는지를 잘 보여 준다. 이런 점에서 이 작품은 '붐 소설'의 첫 작품이라고 여겨지는 카를로스 푸엔테스의 작품, 『가장 투명한 지역』(1958)의 직접적인 선구자라고 평가할 수 있다.

4. '썩은 잎'의 유래와 의미

마콘도는 약속의 땅이자 평화의 땅이었다. 그러나 미국 바나나 회사가 도착하면서 자본주의에 좌지우지된다. 회사는 몇 년 동안 머무르다가 떠난다. 그것은 마을에 번영을 가져오기도 했지만, 그 번영을 앗아 간 주체이며, '썩은 잎'을 유입시킨 장본인이다. 혐오스러운 존재인 '썩은 잎'은 경제가 번성하는 곳으로 이리저리 옮겨 다니는 떠돌이 하층 계급을 의미한다. 이들은 장사치, 사기꾼, 그리고 추잡하기 그지없는 창녀와 범죄자 들이다. 작품의 제목인 'La hojarasca'는 수확이 끝난 다음에 수북이 쌓인 죽은 잎들을 의미한다. 그렇게 경제 체제뿐만 아니라 모든 것의 부패와 부식을 암시한다.

알려져 있다시피 이 작품의 제목은 원래 '집'이었다. 카르타헤나에서 가르시아 마르케스의 조언자인 클레멘테 마누엘 사발라가 쓴 신문 기사를 보고 '썩은 잎'으로 바뀐 듯하다. 그 기사에서 사발라는 '썩은 잎'을 "원래의 것에 상처를 입히고 궁지에 몰아넣는 이상한 혹은 외국 근로자들"이라고 설명한다. '바나나 붐'은 지폐로 담배에 불을 붙일 만큼 엄청난 번영을 가져왔지만 그 번영은 덧없고 무상했다. 그곳으로 와서 새로운 부에 편승한 신흥 부자들과 그들을 따라온 노동자들은 여러 세대에 걸쳐 마콘도에서 살아온 거주자들의 분노를 산다. 예를 들어 외할아버지는 마콘도에 정착한 농촌 엘리트 가족에 속한다. 외국 바나나 회사보다 수십 년 먼저 그곳에 도착한 그들은 바나나 회사뿐만 아니라 익명의 외부인들도 불쾌하게 여긴다.

이 소설은 독자에게 작품에서 다루는 사건들의 사회적, 경제적 상황에 대한 정보를 최소한으로 제공하면서 마콘도에 정착한 엘리트 가족이 19세기 말에 도착했다는 사실로부터 시작한다. 외할아버지가 1885년 내전에 참가했으며, 1903년 아우렐리아노 부엔디아 대령이 그 지역 사령관으로 있었다는 사실 등 이 작품은 구체적인 역사 자료를 기본적인 역사 정보로 제공하면서 마을 사람들의 19세기 삶과 이방인들이 강요한 근대화 사이의 대립 관계를 그린다. 이 역사 이야기에서 허구는 1903년 아우렐리아노 부엔디아가 의사에게 소개장을 써 주었고, 그래서 이사벨의 아버지가 그를 손님으로 집에 맞이했다는 것 정도다. 이 작품은 경제 번영의 정점이 1915년 무렵이며, 이 시기는 유나이티드 프루트 회사가 콜롬비아에 가장 탄탄하게 운영되던 때에 해당한다. 소설에서는 1915년에 외국 회사가 그 지역을 떠난다. 유나이티드 프루트 회사가 실제로 철수하기 십삼 년 전으로 설정된다. 소설에서 이 마지막 십삼 년(대략 1915년부터 1928년)은 바나나 붐 이후의 몰락 기간이다.

가르시아 마르케스는 1928년의 마콘도를 내부적, 외부적으로 자세하게 묘사한다. 심리적 차원에서 그는 마을이 계속해서 머나먼 과거의 향수를 지니고 살아간다는 것을 보여 준다. 마콘도 사람들은 그들의 삶에서 가장 충격적이고 잊지 못할 경험 때문에 잔인한 내전과 고통마저도 부인하면서 이상화시킨 것이다. 이제 마콘도 주민들은 지쳐서 '썩은 잎'들의 최근 경험을 경멸한다. 다시 말하면 근대화에 수반된 비인간성을 멸시한다. 이런 점에서 이 작품은 가르시아 마르케스의 개인 경험이라기보다 아라카타카 사람들이 공유하는 경험과 후유증을 다룬다고 볼 수 있다.

5. 『썩은 잎』과 콜롬비아의 사회 정치적 요인들

『썩은 잎』은 콜롬비아의 사회와 역사, 그리고 정치 현실과 관련하여 이해할 필요가 있다. 특히 이런 관점은 작중 인물들의 독백을 통해 드러나는 사상적 충돌을 설명하는 데 도움이 된다. 이 소설은 콜롬비아 카리브 해 지역의 근대화라는 사회적, 역사적 시기에 발생한 미학으로 간주될 수 있다. 19세기 말 콜롬비아의 카리브 해안 지역은 경제적, 문화적으로 매우 역동적인 시기였다. 이런 사실은 외지인과 외국 회사의 도착이 마콘도에 점진적 변화를 불러오는 요인이 된다는 것이 어느 정도 현실이었음을 보여 준다. 그래서 전통적인 '자유당 귀족'의 사상적 담론을 통해 드러나는 근대화에 반대하는 사람들과 '썩은 잎'으로 대표되는 사람들, 즉 새로운 근대 사회의 이익을 취하기 위해 움직이는 세계관 사이에 충돌이 발생한다.

19세기 콜롬비아 농촌에서는 대지주들이 거대한 규모의 토지를 불법적으로 점유하고 수탈하고 있었다. 이것은 카리브 해안 지역의 중요한 정치적 요인이기도 한다. 여기서 자유당과 보수당은 상류층의 관심과 정신을 자신들의 것으로 받아들이고, 따라서 양당 구성원은 사실상 큰 차이점을 보이지 않는다. 즉 역사적으로 자유당이 무역이나 상업에 종사하는 반면에 보수당원들은 거대한 영지의 지주라는 것은 잘못된 생각이다. 자유당은 가톨릭 국가를 거부하고 보수당은 국가와 교회의 굳건한 결속을 주장한다는 점만 다를 뿐 양당은 봉건 식민 체제의 변화를 거부한다.

1885년 내전의 기원은 1880년경으로 거슬러 올라간다. 당시 국가 경제를 강화하기 위해 중앙 중심제이자 권위적인 정부가 필요했고, 그 정부는 외국에서 새로운 기술을 도입하여 농산물 생산을 가속하려고 했다. 이는 자유당이 내부적으로 독립파와 급진파로 나뉘는 동기가 된다. 자유당 독립파는 보수당과 연합하여 콜롬비아를 연방 공화국으로 만들려고 시도하며 자유당 급진파는 그것을 수용하지 않는다. 그들은 자신들의 위치가 위협받자 혁명 운동을 벌인다. 1884년 반란 세력과 정부군이 충돌하고, 1885년 결국 자유당 급진파가 패배한다.

『썩은 잎』이 언급하는 첫 번째 사회 정치적 요인은 1885년 내전이다. 이것은 대령과 '풋내기'의 세계관을 설정하는 중요한 역사적 사건이다. 자유당 급진파이자 혁명 세력의 원형인 아우렐리아노 부엔디아를 통해 대령은 자유당 급진파의 세계관을 지녔음을 알 수 있다. 어쨌든 아우렐리아노 부엔디아는 1885년 내전과 이후 계속된 전쟁에서 패배하고, 그 여파로 대령은 가족과 하인들을 데리고 도망쳐야만 했다.

한편 '풋내기'가 1885년 내전에서 어떤 역할을 했는지는 대령의 기억에서 드러난다. "참전 용사들은 1885년 내전에서 그의 활약상을 떠올렸다. 그리고 열일곱 살 때 대령이었으며, 대담무쌍하고 고집스럽고 반정부주의자였다는 사실을 기억했다." 여기서 '반정부주의자'라는 말은 중요한 의미를 내포한다. 이 말은 이후 작품에서 반복되지 않지만 풋내기가 자유당 급진파라는 사실을 암시한다. 또한 이것은 중앙집권제에 대한 반대와 거부를 의미한다. 이것이 1885년 자유당 혁명 세력의 주요 목표였다. 다시 말해 대령과 '풋내기'는 같은 자유당 급진파였던 것이다.

『썩은 잎』에서 가장 중요한 사건은 천일전쟁이다. 이 전쟁은 19세기 콜롬비아에서 일어난 자유당과 보수당의 모든 전쟁의 귀결점이다. 천일전쟁은 마누엘 안토니오 산클레멘테가 대통령으로 선출된 1898년 부정 선거 의혹으로 야기된다. 그러나 그는 건강 문제로 8월 7일 취임식에 참석하지 못하고 부통령인 호세 마리아 마로킨이 잠시 대통령직을 대행한다. 그때 파나마 운하 건설 문제로 미국의 침략 위협을 받게 된다. 산클레멘테는 11월 3일 공식 취임하지만 대통령 직책을 수행하지 못한 채 의사의 결정에 따라 '따뜻한 지역'인 비예타 마을로 옮기게 되며, 이로 인해 정부 행정력의 명백한 부재 현상이 벌어진다.

이런 뜻하지 않은 사건으로 가브리엘 바르가스 장군이 자유당의 새 지도자로 임명되고, 그는 1899년 질서를 회복하겠다면서 전쟁을 선포한다. 공식적으로 천일전쟁은 1899년 10월 17일부터 1902년 11월 21일(총 1130일)까지 지속된다. 이 내전에서 보수당은 우세를 점하면서 자유당의 유일한 거점지로 파나마 주를 남겨 놓는다. 그리고 1902년 10월 24일 막달레나 주 바나나 농장 지역에 있는 '네에를란디아' 농장에서 평화 조약을 체결하지만 전투는 계속되고, 마침내 1902년 11월 21일 파나마 만에 정박한 미국 군함 위스콘신호에서 최종 평화 협정이 이루어진다. 콜롬비아는 1903년 파나마를 빼앗기면서 정치적, 경제적, 사회적으로 비참한 상황을 맞는다. 이런 상황

아래에서 마콘도는 근대화가 이루어지고 외국 세력이 난입하며 바나나 회사가 도착하고 썩은 잎이 출현한다.

6. '낙엽'이 아니라 '썩은 잎'인 이유

『썩은 잎』은 가르시아 마르케스가 대부분의 그의 작품에서 변치 않는 요소들, 즉 바나나 회사, 내전, 폭력, 억압된 마을 분위기 등을 처음으로 등장시키는 소설이다. 이런 불변의 요소들은 작가가 콜롬비아의 유감스러운 역사에 깊이 영향받았으며, 따라서 이 작품이 그의 소설의 토대를 이룬다는 것을 보여준다. 또한 마콘도라는 마술적 세계로 들어가는 길잡이이기도 하다. 21세기 독자들을 포함해 수많은 세대를 사로잡은 마콘도 세계를 구체적으로 처음 다루었으며, 마술적 사실주의를 이해하고 그 세계로 들어가는 데 필수적인 작품인 것이다.

가르시아 마르케스의 첫 번째 소설인 이 작품은 '낙엽'이라는 제목으로 국내에 알려져 있다. 그러나 앞에서도 언급했듯이 작품 제목인 'La hojarasca'는 수확이 끝난 다음 떨어져서 수북이 쌓여 썩은 잎들을 의미한다. 물론 떨어진 잎이라는 의미에서 '낙엽(落葉)'이라는 단어가 아주 틀리다고는 보기 힘들다. 다만 일반적으로 '낙엽'이 우리에게 의미하는 바는 부패와 부식이라는 부정적 의미보다 향수와 낭만의 뉘앙스를 강하게 풍긴다. 이런 이유로 '썩은 잎'이 훨씬 더 원제에 충실하며 이 작품의 내용에 맞는 적절한 제목이라고 생각한다.

한 가지 더 지적하자면, 1982년 가르시아 마르케스가 노벨 문학상을 타자 국내에 그의 작품이 마구 소개되었고, 이 작품도 지문사에서 『낙엽』으로 출간되었다. 그러나 그 당시 번역된 작품을 살펴보면 '상상적' 번역임을 부인할 수 없다. 오역은 말할 것도 없고 생략하거나 자의로 첨가한 부분이 너무 많아 원작과 큰 거리가 있다. 이런 의미에서 이 번역본은 재번역이 아니라 초역이라고 감히 말하고 싶다.

2016년 12월

송병선

작가 연보

1927년 3월 6일 콜롬비아의 카리브 해 해안에서 약 80킬로미터 떨어진 아라카타카에서 태어남. 아버지는 가브리엘 엘리히오 가르시아, 어머니는 루이사 산티아가 마르케스 이과란임.

1928년 9월 8일 동생 루이스 엔리케가 태어남. 외할아버지 니콜라스 마르케스 대령이 참여한 바나나 농장 파업이 시에나가에서 일어남.

1929년 부모님이 가르시아 마르케스를 외할아버지 집에 맡긴 후 남동생만 데리고 바랑키야로 이사함. 11월 9일 여동생 마르곳이 태어남.

1930년 11월 17일 여동생 아이다 로사가 태어남. 흙 먹는 버릇 때문에 마르곳도 아라카타카의 외할아버지 집으로 와서 성장함.

1932년 아내가 될 메르세데스 라켈 바르차가 태어남.

1933년 로사 엘레나 페르구손이 아라카타카에 '마리아 몬테소리' 학교를 세움.

1934년 부모님이 바랑키야를 떠나 아라카타카로 옴. 여동생 리히아가 태어남.

1936년 부모님이 수크레 지방의 신세로 이사함. 마리아 몬테소리 초등학교 1학년을 마치고 수크레 지방의 공립학교 2학년으로 전학함.

1937년 3월 4일 외할아버지가 세상을 떠남.

1940년 바랑키야로 돌아와 예수회가 세운 '산호세' 중고등학교에서 공부하기 시작함. 콜롬비아 시인들과 스페인 황금시대의 고전 작가들, 그림 형제들과 알렉산더 뒤마의 작품을 읽음. 교지 《청춘》에 시를 발표함.

1943년 국가장학금을 받고 보고타 근교의 시파키라 국립 중고등학교에 기숙학생으로 입학함.

1946년 고등학교를 졸업함.

1947년 콜롬비아 국립 대학 법학과에 입학함. 카프카의 『변신』을 처음 읽음. 보고타의 일간지 《엘 에스펙타도르(El Espectador)》에 첫 번째 단편 소설 「세 번째 체념」을 게재함.

1948년 4월 9일 가르시아 마르케스의 하숙집 근처에서 자유당 지도자 호르헤 엘리에세르 가이탄이 암살됨. '보고타 사태(Bogotazo)'라고 알려진 폭력 사태가 발생함. 국립 대학이 휴교하자 가르시아 마르케스는 카르타헤나로 옮기고, 신생 일간지《엘 우니베르살(El Universal)》에 칼럼을 씀.

1950년 바랑키야로 옮겨《엘 에랄도(El Heraldo)》에 '셉티무스(Septimus)'라는 필명으로 칼럼을 씀. 바랑키야 그룹에 참여함. 포크너, 조이스, 헤밍웨이의 작품을 읽음. 첫 번째 소설『썩은 잎』을 쓰기 시작함.

1952년 어머니와 함께 외조부모의 집을 팔기 위해 아라카타카를 방문함. 아르헨티나의 로사다 출판사가 "소설가로서 미래가 없음"이라는 평과 함께『썩은 잎(La hojarasca)』출간을 거부함.

1954년 보고타로 돌아와《엘 에스펙타도르》기자로 일함.

1955년 루이스 알레한드로 벨라스코의 이야기를 14회에 걸쳐 연재함. 이 기사들은 후에『표류자의 이야기』로 출간. 기사로 인해 콜롬비아 정부가 그를 위협하자《엘 에스펙타도르》가 제네바로 파견하고, 이후 그는 로마로 옮겨 영화실험센터에서 공부함. 후에 폴란드와 헝가리를 여행하고 파리에 정착함.《엘 에스펙타도르》의 폐간으로 경제적 어려움을 겪자 파리의 바에서 가수로 잠시 일함.『썩은 잎』출간.

1956년 경제적으로 매우 어려웠지만 파리에 남아『아무도 대령에게 편지하지 않다(El coronel no tiene quien le escriba)』를 집필하기 시작함.

1957년 『아무도 대령에게 편지하지 않다』를 탈고함.「철의 장막에서 보낸 90일」을 씀. 모스크바의 붉은 광장에 있는 스탈린 무덤 앞에서 『족장의 가을(El oto?o del patriarca)』을 쓰겠다고 생각함. 베네수엘라의 독재자 마르코스 페레스 히메네스의 마지막 기간에 카라카스에 도착하고, 이후 독재자에 관한 여러 기사를 씀.

1958년 바랑키야로 가서 메르세데스 바르차와 결혼함. 문학지 《신화(Mito)》에 『아무도 대령에게 편지하지 않다』 발표함.

1959년 1월 1일 쿠바 혁명 정부가 들어서고 십칠 일 후 가브리엘 가르시아는 쿠바 정부의 초청을 받음. 피델 카스트로와 의미 있는 관계가 시작됨. 쿠바 혁명 정부가 창설한 '라틴 통신(Prensa Latina)'의 통신원으로 보고타에 돌아옴. 시사 주간지 《크로모스(Cromos)》에 「철의 장막에서 보낸 90일」이 7월부터 9월까지 연재됨. 8월 24일 첫째 아들 로드리고가 태어남.

1960년 '라틴 통신'에서 일하면서 육 개월간 쿠바의 아바나에 체류함.

1961년 라틴 통신의 통신원 자격으로 뉴욕을 여행함. 5월 미국과 쿠바의 정치 압력으로 통신원을 사임함. 윌리엄 포크너가 불멸의 지역으로 만든 미국 남부를 여행함. 6월에 멕시코로 옮겨 거의 무명에 가까운 잡지(《사건들(Sucesos)》《가족(La Familia)》)와 광고 회사에서 일함. 콜롬비아의 메데인에서 『아무도 대령에게 편지하지 않다』 출간. 미발표 원고 『불행한 시간(La mala hora)』으로 ESSO 상을 타고 상금 3000달러를 받음.

『족장의 가을』 초고를 쓰지만 만족하지 않음.

1962년 마드리드에서 『불행한 시간』이 출간되지만 이후 가르시아 마르케스는 이 판본을 '해적판'이라고 규정하면서 인정하지 않음. 멕시코에서 단편집 『마마 그란데의 장례식(Los funerales de Mamá Grande)』 출간. 4월 16일 둘째 아들 곤살로가 태어남.

1963년 카를로스 푸엔테스와 함께 후안 룰포의 단편에 바탕을 둔 시나리오 「황금 닭(El gallo de oro)」을 씀.

1964년 가르시아 마르케스가 쓴 시나리오 『죽음의 시간(Tiempo de morir)』이 아르투로 립스테인(Arturo Ripstein)에 의해 영화로 제작되어 개봉됨.

1965년 1월 다시 문학에 전념하기로 결심하고, 멕시코 소설가 후안 룰포와 깊은 우정을 나눔. 그의 단편 「이 마을에도 도둑이 없다」가 영화로 각색됨. 아카풀코로 가는 중 예전에 작업하다가 그만둔 『집』을 계속 쓰기로 결심하고, 그 결과물이 『백년의 고독(Cien años de soledad)』으로 출간.

1966년 『백년의 고독』 일부가 잡지 《에코(Eco)》(보고타), 《아마루(Amaru)》(리마), 《신세계(Mundo Nuevo)》(파리)에 게재됨.

1967년 6월 부에노스아이레스의 수다메리카나 출판사에서 『백년의 고독』 출간. 7월 카라카스에서 개최된 제12회 라틴아메리카 국제 문학 회의와 마리오 바르가스 요사의 '로물로 가예고스' 국제 문학상 시상식에 참석함. 10월 가족과 함께 바르셀로나로 이사해 1975년까지 머무름.

1970년 1955년에 《엘 에스펙타도르》에 연재한 기사가 『표류자의 이야기(Relato de un naufragio)』로 바르셀로나에서 출간. 콜롬비아 외무성 장관인 알폰소 로페스 미켈센이 바르셀로나 영사 자리를 제안하지만 가르시아 마르케스는 공개적으로 거절함.

1971년 미국 컬럼비아 대학이 명예박사를 수여함. '파디야 사건'으로 대부분의 라틴아메리카 지식인들이 쿠바 혁명을 비판하지만 그는 쿠바 혁명과 카스트로를 지지함.

1972년 로물로 가예고스 국제 문학상을 수상하고, 그 상금을 베네수엘라 혁명 단체인 MAS(사회주의운동)와 '정치범 연대 회의'에 기부함. 단편집 『순박한 에렌디라와 포악한 할머니의 믿을 수 없이 슬픈 이야기(La increíble y triste historia de la cándida Eréndira y su abuela desalmada)』가 부에노스아이레스, 바르셀로나, 멕시코, 카라카스에서 동시 출간.

1974년 1947년부터 1955년 사이에 쓴 단편들을 모은 『파란 개의 눈(Ojos de perro azul)』이 바르셀로나와 부에노스아이레스에서 출간. 보고타에서 정치 시사 주간지 《대안(Alternativa)》을 창간함. 인권 보호 기관인 '버트런드 러셀 위원회'가 그를 부의장으로 임명함.

1975년 바르셀로나를 떠나 멕시코시티에 정착함. 『족장의 가을』이 바르셀로나, 보고타, 부에노스아이레스에서 동시 출간. 칠레의 아우구스토 피노체트 독재 정권이 무너지지 않는 한 더 이상 소설을 쓰지 않겠다고 밝힘.

1976년 쿠바의 일상생활에 관한 책을 준비하면서 쿠바 정부가 군사 개입한 앙골라에 관한 기사들을 씀. 보고타에서 그의 신문 기사를 모은 『연대기와 리포트(Crónicas y reportajes)』 출간. 바르가스 요사와 개인적, 정치적 이유로 단교함.

1977년 쿠바와 앙골라에 관한 기사 모음집 『카를로타 작전(Operación Carlota)』가 리마에서 출간. 『불행한 시간』이 텔레비전 드라마로 각색되어 콜롬비아에서 상영되면서 커다란 논쟁을 일으킴. 파나마 대통령 오마르 토리호스의 초청을 받아 파나마 운하 이양을 위한 파나마-미국 협정 조약에 참석함.

1978년 1959년 보고타에서 간행되는 잡지 《크로모스》에 게재되었던 동유럽 취재 기사가 『사회주의 국가 여행(De viaje por los países socialistas)』으로 출간.

1980년 사회주의 성향의 잡지 《대안》이 경제적 이유로 폐간됨. 콜롬비아로 돌아와 《엘 에스펙타도르》에 매주 칼럼을 씀. 이십구 년 전 수크레 지방에서 벌어진 살인 사건을 바탕으로 『예고된 죽음의 연대기(Crónica de una muerte anunciada)』를 작업하기 시작함.

1981년 프랑스 정부로부터 레지옹 도뇌르 훈장을 받고 프랑수아 미테랑 대통령 취임식에 참석함. 3월 '4월 19일

운동(M-19)' 게릴라 단체와 연관되었다는 비난을 받은 후 콜롬비아 정부군이 그를 체포하려는 움직임을 보인다는 소식을 듣자 보고타 주재 멕시코 대사관에 망명을 요청하고 멕시코에 정착함. 『예고된 죽음의 연대기』가 바르셀로나와 부에노스아이레스, 보고타, 멕시코에서 동시 출간. 네 권으로 구성된 기사 모음집 출간.

1982년 10월 노벨문학상 수상자로 결정되고, 12월 외할아버지를 기리는 의미로 카리브 해 전통 의상인 리키리키를 입고 수상식장에 참석함. 멕시코 정부가 '아스테카 독수리' 훈장을 수여함. 플리니오 아풀레요 멘도사와의 대담집 『구아바의 향기(El olor de la guayaba)』 출간.

1983년 벨리사리오 베탕쿠르 콜롬비아 대통령이 그의 안전을 절대적으로 보장하겠다고 약속하자 콜롬비아로 돌아와 부모가 살던 카르타헤나에 머무름.

1985년 1월 니카라과를 여행함. '라틴아메리카 신영화 재단' 이사장으로 임명됨. 『콜레라 시대의 사랑(El amor en los tiempos del cólera)』 출간.

1987년 이탈리아 영화감독 프란체스코 로시(Francesco Rossi)가 「예고된 죽음의 연대기」를 촬영하기 시작함. 유일한 희곡 「착석한 사람에 대한 사랑의 장광설(Diatriba de amor contra un hombre sentado)」을 마무리함. 모스크바로 여행하며 미하일 고르바초프를 만남.

1988년 6부작 텔레비전 시리즈 「힘든 사랑(Amores difíciles)」의 촬영이 시작됨. 아바나에 있는 라틴아메리카 신영화 재단을 경제적으로 후원함.

1989년 라틴아메리카의 '해방자'라고 불리는 시몬 볼리바르의 마지막 생애를 다룬 『미로에 빠진 장군(El general en su laberinto)』 출간.

1990년 라틴아메리카 영화제에 참석하기 위해 일본으로 여행하고, 『족장의 가을』을 영화로 제작하고자 하던 아키라 구로사와와 도쿄에서 만남. 콜롬비아 제헌 의원 후보를 제안받지만 거절함.

1991년 1980년부터 1984년까지 쓴 기사를 모은 『언론 기사들(Notas de prensa)』 출간.

1992년 5월 폐에서 종양을 제거함. 유럽에 체류하는 라틴아메리카 사람들의 경험을 다룬 단편집 『열두 편의 방황 이야기(Doce cuentos peregrinos)』 출간.

1993년 보고타의 카로 이 쿠에르보 연구소 명예 연구원으로 임명되고, 산토도밍고 자치 대학에서 명예박사를 받음.

1994년 7월 '라틴아메리카 언론 재단'을 창설함. 스페인 카디스 대학에서 명예박사를 받음. 소설 『사랑과 다른 악마들(Del amor y otros demonios)』 출간.

1995년 1948년부터 1949년 중반까지 《엘 우니베르살》 신문에 게재한 기사를 모은 『물망초 한 송이(Un ramo de nomeolvides)』 출간.

1996년 파블로 에스코바르가 자행한 납치 사건을 다룬 『납치 일기(Noticia de un secuestro)』 출간. 가르시아 마르케스가 시나리오를 쓴 영화 「시장 오이디푸스(El Edipo alcalde)」 개봉.

1997년 미국 대통령 빌 클린턴과 사석에서 만남. 기록 영화 「가르시아 마르케스의 카르타헤나」 제작.

1998년 3월 자서전 『이야기하기 위해 살다(Vivir para contarla)』의 첫 장을 멕시코시티에서 출간. 《타임스(Times)》가 20세기의 위대한 인물 중 한 명으로 선정.

1999년 시사 주간지 《변화(Cambio)》 인수. 6월 보고타의 병원에 입원하고 9월 림프암 진단을 받음. 아르투로 립스테인이 제작한 영화 「아무도 대령에게 편지하지 않다」 개봉.

2000년 11월 25일 멕시코의 과달라하라 도서전 개막식에 참석함.

2002년 10월 자서전 1권인 『이야기하기 위해 살다』 출간. 어머니 루이사 산티아가 이과란이 카르타헤나의 집에서 세상을 떠남.

2003년 마리오 바르가스 요사가 그를 피델 카스트로 체제의 신하라고 비난함.

2004년 마지막 소설 『내 슬픈 창녀들의 추억(Memoria de mis putas tristes)』 출간. 이란에서 이 소설이 판매 금지되고, 멕시코의 어느 비정부 기구(NGO)는 아동 매춘을 찬양했다는 이유로 작가를 고발하겠다고 위협함.

2006년 영화 「콜레라 시대의 사랑」 촬영이 시작됨. 아라카타카

읍장이 아라카타카를 마콘도로 개명하자고 제안함.

2007년 스페인 왕립 언어학술원과 스페인어 아카데미 연합이 『백년의 고독』 기념판을 제작하여 배포함. 가르시아 마르케스는 그를 기리기 위해 열린 제4차 스페인어 국제 총회 개막식에 참석한 후 노란 기차를 타고 고향 아라카타카를 마지막으로 방문함.

2009년 십칠 년 동안의 작업 끝에 영국인이자 라틴아메리카 전공자인 제럴드 마틴이 가르시아 마르케스의 공식 전기 『가르시아 마르케스』 출간.

2010년 아라카타카에서 태어나고 살던 외조부모의 집이 박물관으로 개관함.

2012년 가르시아 마르케스가 노인성 치매를 앓는 중이라고 그의 동생 하이메가 밝힘.

2014년 여든일곱 살 생일을 지내고 며칠 후 병원에 입원함. 4월 17일 멕시코시티에서 세상을 떠남.

세계문학전집 170

썩은 잎

1판 1쇄 펴냄 2016년 12월 2일
1판 7쇄 펴냄 2022년 5월 24일

지은이 가브리엘 가르시아 마르케스
옮긴이 송병선
발행인 박근섭, 박상준
펴낸곳 (주)민음사

출판등록 1966. 5. 19. (제 16-490호)
서울특별시 강남구 도산대로1길 62(신사동) 강남출판문화센터 5층 (우편번호 06027)
대표전화 02-515-2000 팩시밀리 02-515-2007
www.minumsa.com

ISBN 978-89-374-3383-2 04800
ISBN 978-89-374-6000-5 (세트)

세계문학전집 목록

1·2 **변신 이야기** 오비디우스 · 이윤기 옮김 서울대 권장도서 100선
3 **햄릿** 셰익스피어 · 최종철 옮김 서울대 권장도서 100선 | 미국대학위원회 선정 SAT 추천도서
4 **변신 · 시골의사** 카프카 · 전영애 옮김 서울대 권장도서 100선
5 **동물농장** 오웰 · 도정일 옮김 미국대학위원회 선정 SAT 추천도서 | 《타임》 선정 현대 100대 영문소설
6 **허클베리 핀의 모험** 트웨인 · 김욱동 옮김 《뉴스위크》 선정 100대 명저
7 **암흑의 핵심** 콘래드 · 이상옥 옮김 미국대학위원회 선정 SAT 추천도서 | 《뉴스위크》 선정 10대 명저
8 **토니오 크뢰거 · 트리스탄 · 베니스에서의 죽음** 토마스 만 · 안삼환 외 옮김 노벨 문학상 수상 작가
9 **문학이란 무엇인가** 사르트르 · 정명환 옮김
10 **한국단편문학선 1** 김동인 외 · 이남호 엮음 국립중앙도서관 선정 청소년 권장도서
11·12 **인간의 굴레에서** 서머싯 몸 · 송무 옮김
13 **이반 데니소비치, 수용소의 하루** 솔제니친 · 이영의 옮김 노벨 문학상 수상 작가
14 **너새니얼 호손 단편선** 호손 · 천승걸 옮김
15 **나의 미카엘** 오즈 · 최창모 옮김
16·17 **중국신화전설** 위앤커 · 전인초, 김선자 옮김
18 **고리오 영감** 발자크 · 박영근 옮김
19 **파리대왕** 골딩 · 유종호 옮김 노벨 문학상 수상 작가 | 《타임》 선정 현대 100대 영문소설
20 **한국단편문학선 2** 김동리 외 · 이남호 엮음
21·22 **파우스트** 괴테 · 정서웅 옮김 서울대 권장도서 100선 | 미국대학위원회 선정 SAT 추천도서
23·24 **빌헬름 마이스터의 수업시대** 괴테 · 안삼환 옮김
25 **젊은 베르테르의 슬픔** 괴테 · 박찬기 옮김 논술 및 수능에 출제된 책(1998~2005)
26 **이피게니에 · 스텔라** 괴테 · 박찬기 외 옮김
27 **다섯째 아이** 레싱 · 정덕애 옮김 노벨 문학상 수상 작가
28 **삶의 한가운데** 린저 · 박찬일 옮김
29 **농담** 쿤데라 · 방미경 옮김
30 **야성의 부름** 런던 · 권택영 옮김
31 **아메리칸** 제임스 · 최경도 옮김
32·33 **양철북** 그라스 · 장희창 옮김 노벨 문학상 수상 작가 | 서울대 권장도서 100선
34·35 **백년의 고독** 마르케스 · 조구호 옮김 노벨 문학상 수상 작가 | 서울대 권장도서 100선
36 **마담 보바리** 플로베르 · 김화영 옮김 서울대 권장도서 100선
37 **거미여인의 키스** 푸익 · 송병선 옮김
38 **달과 6펜스** 서머싯 몸 · 송무 옮김
39 **폴란드의 풍차** 지오노 · 박인철 옮김
40·41 **독일어 시간** 렌츠 · 정서웅 옮김
42 **말테의 수기** 릴케 · 문현미 옮김
43 **고도를 기다리며** 베케트 · 오증자 옮김 노벨 문학상 수상 작가 | 서울대 권장도서 100선
44 **데미안** 헤세 · 전영애 옮김 노벨 문학상 수상 작가

45 **젊은 예술가의 초상** 조이스 · 이상옥 옮김 서울대 권장도서 100선
46 **카탈로니아 찬가** 오웰 · 정영목 옮김
47 **호밀밭의 파수꾼** 샐린저 · 공경희 옮김 《타임》 선정 현대 100대 영문소설 | 미국대학위원회 선정 SAT 추천도서 | 《뉴스위크》 선정 100대 명저 | BBC 선정 꼭 읽어야 할 책
48·49 **파르마의 수도원** 스탕달 · 원윤수, 임미경 옮김
50 **수레바퀴 아래서** 헤세 · 김이섭 옮김 노벨 문학상 수상 작가 | 국립중앙도서관 선정 청소년 권장도서
51·52 **내 이름은 빨강** 파묵 · 이난아 옮김 노벨 문학상 수상 작가
53 **오셀로** 셰익스피어 · 최종철 옮김 서울대 권장도서 100선
54 **조서** 르 클레지오 · 김윤진 옮김 노벨 문학상 수상 작가
55 **모래의 여자** 아베 코보 · 김난주 옮김
56·57 **부덴브로크 가의 사람들** 토마스 만 · 홍성광 옮김 노벨 문학상 수상 작가
58 **싯다르타** 헤세 · 박병덕 옮김 노벨 문학상 수상 작가
59·60 **아들과 연인** 로렌스 · 정상준 옮김 《뉴스위크》 선정 100대 명저
61 **설국** 가와바타 야스나리 · 유숙자 옮김 노벨 문학상 수상 작가 | 서울대 권장도서 100선
62 **벨킨 이야기 · 스페이드 여왕** 푸슈킨 · 최선 옮김
63·64 **넙치** 그라스 · 김재혁 옮김 노벨 문학상 수상 작가
65 **소망 없는 불행** 한트케 · 윤용호 옮김 노벨 문학상 수상 작가
66 **나르치스와 골드문트** 헤세 · 임홍배 옮김 노벨 문학상 수상 작가
67 **황야의 이리** 헤세 · 김누리 옮김 노벨 문학상 수상 작가
68 **뻬쩨르부르그 이야기** 고골 · 조주관 옮김
69 **밤으로의 긴 여로** 오닐 · 민승남 옮김 노벨 문학상 수상 작가 | 미국대학위원회 선정 SAT 추천도서
70 **체호프 단편선** 체호프 · 박현섭 옮김
71 **버스 정류장** 가오싱젠 · 오수경 옮김 노벨 문학상 수상 작가
72 **구운몽** 김만중 · 송성욱 옮김 서울대 권장도서 100선 | 국립중앙도서관 선정 청소년 권장도서
73 **대머리 여가수** 이오네스코 · 오세곤 옮김
74 **이솝 우화집** 이솝 · 유종호 옮김 논술 및 수능에 출제된 책(1998~2005)
75 **위대한 개츠비** 피츠제럴드 · 김욱동 옮김 《타임》 선정 현대 100대 영문소설
76 **푸른 꽃** 노발리스 · 김재혁 옮김
77 **1984** 오웰 · 정회성 옮김 《타임》 선정 현대 100대 영문소설 | 《뉴스위크》 선정 100대 명저
78·79 **영혼의 집** 아옌데 · 권미선 옮김
80 **첫사랑** 투르게네프 · 이항재 옮김
81 **내가 죽어 누워 있을 때** 포크너 · 김명주 옮김 노벨 문학상 수상 작가
82 **런던 스케치** 레싱 · 서숙 옮김 노벨 문학상 수상 작가
83 **팡세** 파스칼 · 이환 옮김
84 **질투** 로브그리예 · 박이문, 박희원 옮김
85·86 **채털리 부인의 연인** 로렌스 · 이인규 옮김
87 **그 후** 나쓰메 소세키 · 윤상인 옮김
88 **오만과 편견** 오스틴 · 윤지관, 전승희 옮김 미국대학위원회 선정 SAT 추천도서
89·90 **부활** 톨스토이 · 연진희 옮김 논술 및 수능에 출제된 책(1998~2005)
91 **방드르디, 태평양의 끝** 투르니에 · 김화영 옮김
92 **미겔 스트리트** 나이폴 · 이상옥 옮김 노벨 문학상 수상 작가
93 **빼드로 빠라모** 룰포 · 정창 옮김

94 **차라투스트라는 이렇게 말했다** 니체 · 장희창 옮김 국립중앙도서관 선정 청소년 권장도서
95·96 **적과 흑** 스탕달 · 이동렬 옮김 국립중앙도서관 선정 청소년 권장도서
97·98 **콜레라 시대의 사랑** 마르케스 · 송병선 옮김 노벨 문학상 수상 작가 | BBC 선정 꼭 읽어야 할 책
99 **맥베스** 셰익스피어 · 최종철 옮김 서울대 권장도서 100선 | 미국대학위원회 선정 SAT 추천도서
100 **춘향전** 작자 미상 · 송성욱 풀어 옮김 서울대 권장도서 100선
101 **페르디두르케** 곰브로비치 · 윤진 옮김
102 **포르노그라피아** 곰브로비치 · 임미경 옮김
103 **인간 실격** 다자이 오사무 · 김춘미 옮김
104 **네루다의 우편배달부** 스카르메타 · 우석균 옮김
105·106 **이탈리아 기행** 괴테 · 박찬기 외 옮김
107 **나무 위의 남작** 칼비노 · 이현경 옮김
108 **달콤 쌉싸름한 초콜릿** 에스키벨 · 권미선 옮김
109·110 **제인 에어** C. 브론테 · 유종호 옮김 BBC 선정 꼭 읽어야 할 책
111 **크눌프** 헤세 · 이노은 옮김 노벨 문학상 수상 작가
112 **시계태엽 오렌지** 버지스 · 박시영 옮김 《타임》 선정 현대 100대 영문소설 | 《뉴스위크》 선정 100대 명저
113·114 **파리의 노트르담** 위고 · 정기수 옮김 미국대학위원회 선정 SAT 추천도서
115 **새로운 인생** 단테 · 박우수 옮김
116·117 **로드 짐** 콘래드 · 이상옥 옮김 《뉴스위크》 선정 100대 명저
118 **폭풍의 언덕** E. 브론테 · 김종길 옮김 미국대학위원회 선정 SAT 추천도서
119 **텔크테에서의 만남** 그라스 · 안삼환 옮김 노벨 문학상 수상 작가
120 **검찰관** 고골 · 조주관 옮김
121 **안개** 우나무노 · 조민현 옮김
122 **나사의 회전** 제임스 · 최경도 옮김 미국대학위원회 선정 SAT 추천도서
123 **피츠제럴드 단편선 1** 피츠제럴드 · 김욱동 옮김
124 **목화밭의 고독 속에서** 콜테스 · 임수현 옮김
125 **돼지꿈** 황석영
126 **라셀라스** 존슨 · 이인규 옮김
127 **리어 왕** 셰익스피어 · 최종철 옮김 서울대 권장도서 100선 | 《뉴스위크》 선정 100대 명저
128·129 **쿠오 바디스** 시엔키에비츠 · 최성은 옮김 노벨 문학상 수상 작가
130 **자기만의 방** 울프 · 이미애 옮김
131 **시르트의 바닷가** 그라크 · 송진석 옮김
132 **이성과 감성** 오스틴 · 윤지관 옮김
133 **바덴바덴에서의 여름** 치프킨 · 이장욱 옮김
134 **새로운 인생** 파묵 · 이난아 옮김 노벨 문학상 수상 작가
135·136 **무지개** 로렌스 · 김정매 옮김
137 **인생의 베일** 서머싯 몸 · 황소연 옮김
138 **보이지 않는 도시들** 칼비노 · 이현경 옮김
139·140·141 **연초 도매상** 바스 · 이운경 옮김 《타임》 선정 현대 100대 영문소설
142·143 **플로스 강의 물방앗간** 엘리엇 · 한애경, 이봉지 옮김 미국대학위원회 선정 SAT 추천도서
144 **연인** 뒤라스 · 김인환 옮김
145·146 **이름 없는 주드** 하디 · 정종화 옮김
147 **제49호 품목의 경매** 핀천 · 김성곤 옮김 《타임》 선정 현대 100대 영문소설

148 성역 포크너·이진준 옮김 노벨 문학상 수상 작가 | 퓰리처상 수상 작가

149 무진기행 김승옥

150·151·152 신곡(지옥편·연옥편·천국편) 단테·박상진 옮김 서울대 권장도서 100선 | 미국대학위원회 선정 SAT 추천도서 | 국립중앙도서관 선정 청소년 권장도서 | 《뉴스위크》 선정 100대 명저

153 구덩이 플라토노프·정보라 옮김

154·155·156 카라마조프가의 형제들 도스토옙스키·김연경 옮김 서울대 권장도서 100선 | 국립중앙도서관 선정 청소년 권장도서

157 지상의 양식 지드·김화영 옮김 노벨 문학상 수상 작가

158 밤의 군대들 메일러·권택영 옮김 퓰리처상 수상 작가

159 주홍 글자 호손·김욱동 옮김 서울대 권장도서 100선 | 미국대학위원회 선정 SAT 추천도서

160 깊은 강 엔도 슈사쿠·유숙자 옮김

161 욕망이라는 이름의 전차 윌리엄스·김소임 옮김

162 마사 퀘스트 레싱·나영균 옮김 노벨 문학상 수상 작가

163·164 운명의 딸 아옌데·권미선 옮김

165 모렐의 발명 비오이 카사레스·송병선 옮김

166 삼국유사 일연·김원중 옮김 서울대 권장도서 100선

167 풀잎은 노래한다 레싱·이태동 옮김 노벨 문학상 수상 작가

168 파리의 우울 보들레르·윤영애 옮김

169 포스트맨은 벨을 두 번 울린다 케인·이만식 옮김

170 썩은 잎 마르케스·송병선 옮김 노벨 문학상 수상 작가

171 모든 것이 산산이 부서지다 아체베·조규형 옮김 《타임》 선정 현대 100대 영문소설 | 《뉴스위크》 선정 100대 명저

172 한여름 밤의 꿈 셰익스피어·최종철 옮김 미국대학위원회 선정 SAT 추천도서

173 로미오와 줄리엣 셰익스피어·최종철 옮김 미국대학위원회 선정 SAT 추천도서

174·175 분노의 포도 스타인벡·김승욱 옮김 노벨 문학상 수상 작가 | 《타임》 선정 현대 100대 영문소설

176·177 괴테와의 대화 에커만·장희창 옮김

178 그물을 헤치고 머독·유종호 옮김 《타임》 선정 현대 100대 영문소설

179 브람스를 좋아하세요... 사강·김남주 옮김

180 카타리나 블룸의 잃어버린 명예 하인리히 뵐·김연수 옮김 노벨 문학상 수상 작가

181·182 에덴의 동쪽 스타인벡·정회성 옮김 노벨 문학상 수상 작가

183 순수의 시대 워튼·송은주 옮김 《뉴스위크》 선정 100대 명저 | 퓰리처상 수상작

184 도둑 일기 주네·박형섭 옮김

185 나자 브르통·오생근 옮김

186·187 캐치-22 헬러·안정효 옮김 《타임》 선정 현대 100대 영문소설 | 《뉴스위크》 선정 100대 명저 | BBC 선정 꼭 읽어야 할 책

188 숄로호프 단편선 숄로호프·이항재 옮김 노벨 문학상 수상 작가

189 말 사르트르·정명환 옮김

190·191 보이지 않는 인간 엘리슨·조영환 옮김 《타임》 선정 현대 100대 영문소설 | 미국대학위원회 선정 SAT 추천도서 | 《뉴스위크》 선정 100대 명저

192 왑샷 가문 연대기 치버·김승욱 옮김 퓰리처상 수상 작가

193 왑샷 가문 몰락기 치버·김승욱 옮김 퓰리처상 수상 작가

194 필립과 다른 사람들 노터봄·지명숙 옮김

195·196 **하드리아누스 황제의 회상록** 유르스나르 · 곽광수 옮김
197·198 **소피의 선택** 스타이런 · 한정아 옮김 퓰리처상 수상 작가
199 **피츠제럴드 단편선 2** 피츠제럴드 · 한은경 옮김
200 **홍길동전** 허균 · 김탁환 옮김
201 **요술 부지깽이** 쿠버 · 양윤희 옮김
202 **북호텔** 다비 · 원윤수 옮김
203 **톰 소여의 모험** 트웨인 · 김욱동 옮김
204 **금오신화** 김시습 · 이지하 옮김
205·206 **테스** 하디 · 정종화 옮김 미국대학위원회 선정 SAT 추천도서 | BBC 선정 꼭 읽어야 할 책
207 **브루스터플레이스의 여자들** 네일러 · 이소영 옮김
208 **더 이상 평안은 없다** 아체베 · 이소영 옮김
209 **그레인지 코플랜드의 세 번째 인생** 워커 · 김시현 옮김 퓰리처상 수상 작가
210 **어느 시골 신부의 일기** 베르나노스 · 정영란 옮김
211 **타라스 불바** 고골 · 조주관 옮김
212·213 **위대한 유산** 디킨스 · 이인규 옮김 서울대 권장도서 100선 | BBC 선정 꼭 읽어야 할 책
214 **면도날** 서머싯 몸 · 안진환 옮김
215·216 **성채** 크로닌 · 이은정 옮김
217 **오이디푸스 왕** 소포클레스 · 강대진 옮김 서울대 권장도서 100선
218 **세일즈맨의 죽음** 밀러 · 강유나 옮김
219·220·221 **안나 카레니나** 톨스토이 · 연진희 옮김 서울대 권장도서 100선
222 **오스카 와일드 작품선** 와일드 · 정영목 옮김
223 **벨아미** 모파상 · 송덕호 옮김
224 **파스쿠알 두아르테 가족** 호세 셀라 · 정동섭 옮김 노벨 문학상 수상 작가
225 **시칠리아에서의 대화** 비토리니 · 김운찬 옮김
226·227 **길 위에서** 케루악 · 이만식 옮김 《타임》 선정 현대 100대 영문소설 | 《뉴스위크》 선정 100대 명저
228 **우리 시대의 영웅** 레르몬토프 · 오정미 옮김
229 **아우라** 푸엔테스 · 송상기 옮김
230 **클링조어의 마지막 여름** 헤세 · 황승환 옮김 노벨 문학상 수상 작가
231 **리스본의 겨울** 무뇨스 몰리나 · 나송주 옮김
232 **뻐꾸기 둥지 위로 날아간 새** 키지 · 정회성 옮김 《타임》 선정 현대 100대 영문소설 | 《뉴스위크》 선정 100대 명저
233 **페널티킥 앞에 선 골키퍼의 불안** 한트케 · 윤용호 옮김 노벨 문학상 수상 작가
234 **참을 수 없는 존재의 가벼움** 쿤데라 · 이재룡 옮김
235·236 **바다여, 바다여** 머독 · 최옥영 옮김
237 **한 줌의 먼지** 에벌린 워 · 안진환 옮김 《타임》 선정 현대 100대 영문소설
238 **뜨거운 양철 지붕 위의 고양이 · 유리 동물원** 윌리엄스 · 김소임 옮김 퓰리처상 수상작
239 **지하로부터의 수기** 도스토옙스키 · 김연경 옮김
240 **키메라** 바스 · 이운경 옮김
241 **반쪼가리 자작** 칼비노 · 이현경 옮김
242 **벌집** 호세 셀라 · 남진희 옮김 노벨 문학상 수상 작가
243 **불멸** 쿤데라 · 김병욱 옮김
244·245 **파우스트 박사** 토마스 만 · 임홍배, 박병덕 옮김 노벨 문학상 수상 작가

246 **사랑할 때와 죽을 때** 레마르크·장희창 옮김
247 **누가 버지니아 울프를 두려워하랴?** 올비·강유나 옮김
248 **인형의 집** 입센·안미란 옮김
249 **위폐범들** 지드·원윤수 옮김 노벨 문학상 수상 작가
250 **무정** 이광수·정영훈 책임 편집 서울대 권장도서 100선
251·252 **의지와 운명** 푸엔테스·김현철 옮김
253 **폭력적인 삶** 파솔리니·이승수 옮김
254 **거장과 마르가리타** 불가코프·정보라 옮김
255·256 **경이로운 도시** 멘도사·김현철 옮김
257 **야곱을 둘러싼 추측들** 욘존·손대영 옮김
258 **왕자와 거지** 트웨인·김욱동 옮김
259 **존재하지 않는 기사** 칼비노·이현경 옮김
260·261 **눈먼 암살자** 애트우드·차은정 옮김 《타임》 선정 현대 100대 영문소설
262 **베니스의 상인** 셰익스피어·최종철 옮김
263 **말리나** 바흐만·남정애 옮김
264 **사볼타 사건의 진실** 멘도사·권미선 옮김
265 **뒤렌마트 희곡선** 뒤렌마트·김혜숙 옮김
266 **이방인** 카뮈·김화영 옮김 노벨 문학상 수상 작가 | 미국대학위원회 선정 SAT 추천도서
267 **페스트** 카뮈·김화영 옮김 노벨 문학상 수상 작가 | 국립중앙도서관 선정 청소년 권장도서
268 **검은 튤립** 뒤마·송진석 옮김
269·270 **베를린 알렉산더 광장** 되블린·김재혁 옮김
271 **하얀 성** 파묵·이난아 옮김 노벨 문학상 수상 작가
272 **푸슈킨 선집** 푸슈킨·최선 옮김
273·274 **유리알 유희** 헤세·이영임 옮김 노벨 문학상 수상 작가
275 **픽션들** 보르헤스·송병선 옮김 서울대 권장도서 100선
276 **신의 화살** 아체베·이소영 옮김
277 **빌헬름 텔·간계와 사랑** 실러·홍성광 옮김
278 **노인과 바다** 헤밍웨이·김욱동 옮김 노벨 문학상 수상 작가 | 퓰리처상 수상작
279 **무기여 잘 있어라** 헤밍웨이·김욱동 옮김 미국대학위원회 선정 SAT 추천도서
280 **태양은 다시 떠오른다** 헤밍웨이·김욱동 옮김 《타임》 선정 현대 100대 영문 소설
281 **알레프** 보르헤스·송병선 옮김
282 **일곱 박공의 집** 호손·정소영 옮김
283 **에마** 오스틴·윤지관, 김영희 옮김
284·285 **죄와 벌** 도스토옙스키·김연경 옮김 미국대학위원회 선정 SAT 추천도서
286 **시련** 밀러·최영 옮김
287 **모두가 나의 아들** 밀러·최영 옮김
288·289 **누구를 위하여 종은 울리나** 헤밍웨이·김욱동 옮김 노벨 문학상 수상 작가 | 《뉴스위크》 선정 100대 명저
290 **구르브 연락 없다** 멘도사·정창 옮김
291·292·293 **데카메론** 보카치오·박상진 옮김
294 **나누어진 하늘** 볼프·전영애 옮김
295·296 **제브데트 씨와 아들들** 파묵·이난아 옮김 노벨 문학상 수상 작가

297·298 **여인의 초상** 제임스 · 최경도 옮김 미국대학위원회 선정 SAT 추천도서

299 **압살롬, 압살롬!** 포크너 · 이태동 옮김 노벨 문학상 수상 작가

300 **이상 소설 전집** 이상 · 권영민 책임 편집

301·302·303·304·305 **레 미제라블** 위고 · 정기수 옮김

306 **관객모독** 한트케 · 윤용호 옮김 노벨 문학상 수상 작가

307 **더블린 사람들** 조이스 · 이종일 옮김

308 **에드거 앨런 포 단편선** 앨런 포 · 전승희 옮김 미국대학위원회 선정 SAT 추천도서

309 **보이체크 · 당통의 죽음** 뷔히너 · 홍성광 옮김

310 **노르웨이의 숲** 무라카미 하루키 · 양억관 옮김

311 **운명론자 자크와 그의 주인** 디드로 · 김희영 옮김

312·313 **헤밍웨이 단편선** 헤밍웨이 · 김욱동 옮김 노벨 문학상 수상 작가

314 **피라미드** 골딩 · 안지현 옮김 노벨 문학상 수상 작가

315 **닫힌 방 · 악마와 선한 신** 사르트르 · 지영래 옮김

316 **등대로** 울프 · 이미애 옮김 《타임》 선정 현대 100대 영문소설 | 《뉴스위크》 선정 100대 명저

317·318 **한국 희곡선** 송영 외 · 양승국 엮음

319 **여자의 일생** 모파상 · 이동렬 옮김

320 **의식** 노터봄 · 김영중 옮김

321 **육체의 악마** 라디게 · 원윤수 옮김

322·323 **감정 교육** 플로베르 · 지영화 옮김

324 **불타는 평원** 룰포 · 정창 옮김

325 **위대한 몬느** 알랭푸르니에 · 박영근 옮김

326 **라쇼몬** 아쿠타가와 류노스케 · 서은혜 옮김

327 **반바지 당나귀** 보스코 · 정영란 옮김

328 **정복자들** 말로 · 최윤주 옮김

329·330 **우리 동네 아이들** 마흐푸즈 · 배혜경 옮김 노벨 문학상 수상 작가

331·332 **개선문** 레마르크 · 장희창 옮김

333 **사바나의 개미 언덕** 아체베 · 이소영 옮김

334 **게걸음으로** 그라스 · 장희창 옮김 노벨 문학상 수상 작가

335 **코스모스** 곰브로비치 · 최성은 옮김

336 **좁은 문 · 전원교향곡 · 배덕자** 지드 · 동성식 옮김 노벨 문학상 수상 작가

337·338 **암 병동** 솔제니친 · 이영의 옮김 노벨 문학상 수상 작가

339 **피의 꽃잎들** 응구기 와 시옹오 · 왕은철 옮김

340 **운명** 케르테스 · 유진일 옮김 노벨 문학상 수상 작가

341·342 **벌거벗은 자와 죽은 자** 메일러 · 이운경 옮김 퓰리처상 수상 작가

343 **시지프 신화** 카뮈 · 김화영 옮김 노벨 문학상 수상 작가

344 **뇌우** 차오위 · 오수경 옮김

345 **모옌 중단편선** 모옌 · 심규호, 유소영 옮김 노벨 문학상 수상 작가

346 **일야서** 한사오궁 · 심규호, 유소영 옮김

347 **상속자들** 골딩 · 안지현 옮김 노벨 문학상 수상 작가

348 **설득** 오스틴 · 전승희 옮김

349 **히로시마 내 사랑** 뒤라스 · 방미경 옮김

350 **오 헨리 단편선** 오 헨리 · 김희용 옮김

351·352 **올리버 트위스트** 디킨스·이인규 옮김
353·354·355·356 **전쟁과 평화** 톨스토이·연진희 옮김
357 **다시 찾은 브라이즈헤드** 에벌린 워·백지민 옮김
358 **아무도 대령에게 편지하지 않다** 마르케스·송병선 옮김
359 **사양** 다자이 오사무·유숙자 옮김
360 **좌절** 케르테스·한경민 옮김 노벨 문학상 수상 작가
361·362 **닥터 지바고** 파스테르나크·김연경 옮김 노벨 문학상 수상 작가
363 **노생거 사원** 오스틴·윤지관 옮김
364 **개구리** 모옌·심규호, 유소영 옮김 노벨 문학상 수상 작가
365 **마왕** 투르니에·이원복 옮김 공쿠르상 수상 작가
366 **맨스필드 파크** 오스틴·김영희 옮김
367 **이선 프롬** 이디스 워튼·김욱동 옮김 퓰리처상 수상 작가
368 **여름** 이디스 워튼·김욱동 옮김 퓰리처상 수상 작가
369·370·371 **나는 고백한다** 자우메 카브레·권가람 옮김
372·373·374 **태엽 감는 새 연대기** 무라카미 하루키·김연경 옮김
375·376 **대사들** 제임스·정소영 옮김
377 **족장의 가을** 마르케스·송병선 옮김 노벨 문학상 수상 작가
378 **핏빛 자오선** 매카시·김시현 옮김
379 **모두 다 예쁜 말들** 매카시·김시현 옮김
380 **국경을 넘어** 매카시·김시현 옮김
381 **평원의 도시들** 매카시·김시현 옮김
382 **만년** 다자이 오사무·유숙자 옮김
383 **반항하는 인간** 카뮈·김화영 옮김 노벨 문학상 수상 작가
384·385·386 **악령** 도스토옙스키·김연경 옮김
387 **태평양을 막는 제방** 뒤라스·윤진 옮김
388 **남아 있는 나날** 가즈오 이시구로·송은경 옮김
389 **앙리 브륄라르의 생애** 스탕달·원윤수 옮김
390 **찻집** 라오서·오수경 옮김
391 **태어나지 않은 아이를 위한 기도** 케르테스·이상동 옮김 노벨 문학상 수상 작가
392·393 **서머싯 몸 단편선** 서머싯 몸·황소연 옮김
394 **케이크와 맥주** 서머싯 몸·황소연 옮김
395 **월든** 소로·정회성 옮김
396 **모래 사나이** E. T. A. 호프만·신동화 옮김
397·398 **검은 책** 오르한 파묵·이난아 옮김 노벨 문학상 수상 작가
399 **방랑자들** 올가 토카르추크·최성은 옮김 노벨 문학상 수상 작가
400 **시여, 침을 뱉어라** 김수영·이영준 엮음
401·402 **환락의 집** 이디스 워튼·전승희 옮김
403 **달려라 메로스** 다자이 오사무·유숙자 옮김
404 **아버지와 자식** 투르게네프·연진희 옮김
405 **청부 살인자의 성모** 바예호·송병선 옮김

세계문학전집은 계속 간행됩니다.